KARIN BELL

NEW YORK

Christmas Story

WEIHNACHTSZAUBER
BEI MACY'S

Überarbeitete Neuausgabe Oktober 2022

Copyright © 2022 dp Verlag, ein Imprint der
dp DIGITAL PUBLISHERS GmbH
Made in Stuttgart with ♥
Alle Rechte vorbehalten

New York Christmas Story

ISBN 978-3-98637-416-7
E-Book-ISBN 978-3-98637-760-1

Dies ist eine überarbeitete Neuausgabe des bereits 2020 bei dp
Verlag, ein Imprint der dp DIGITAL PUBLISHERS GmbH
erschienenen Titels Winterküsse im Central Park (ISBN: 978-3-
96817-419-8).

Covergestaltung: ARTC.ore Design
Umschlaggestaltung: ARTC.ore Design
Unter Verwendung von Abbildungen von
shutterstock.com: © Eisfrei, © Samshyt, © Franzi,
© SurfsUp, © Ann in the uk
Lektorat: Carolin Diefenbach
Satz: dp DIGITAL PUBLISHERS GmbH
Druck und Bindung: Books on Demand GmbH, Norderstedt

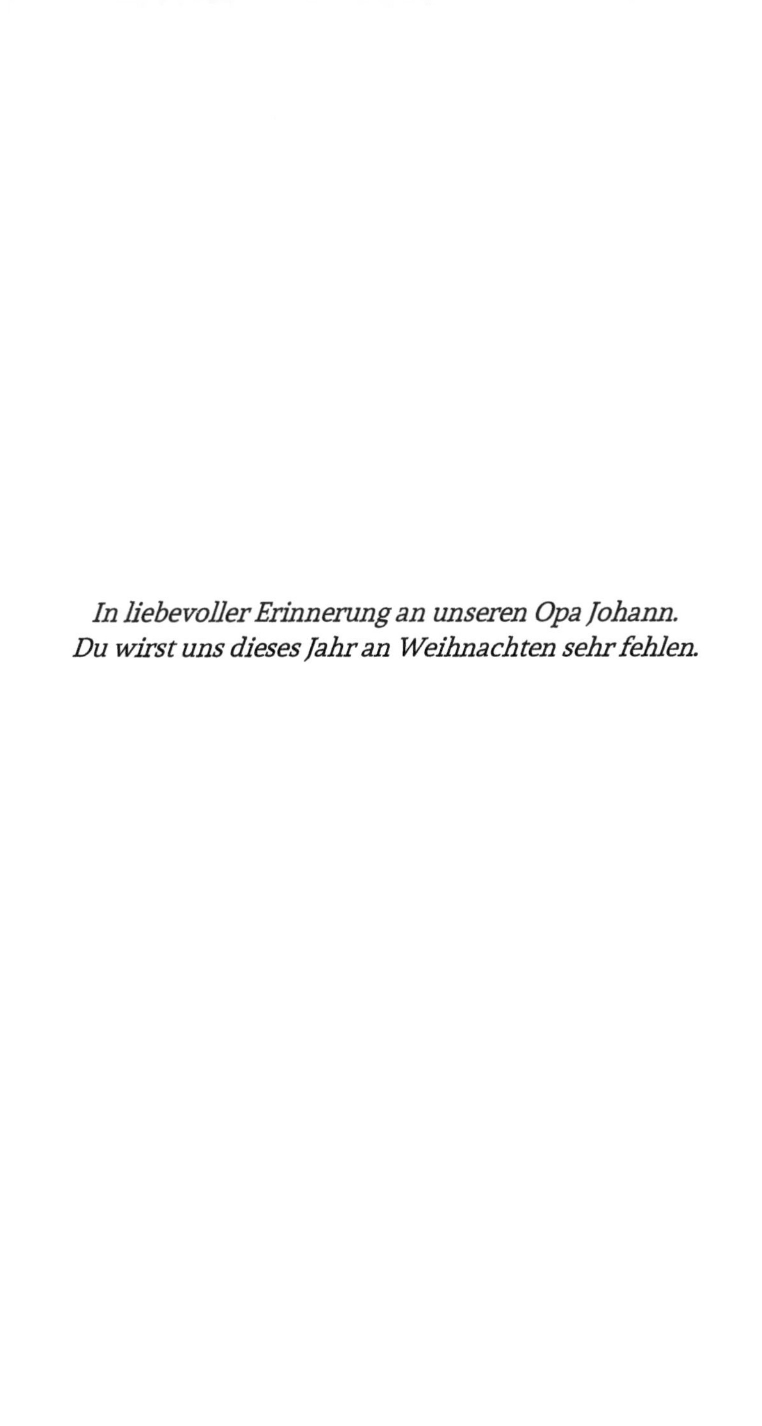

*In liebevoller Erinnerung an unseren Opa Johann.
Du wirst uns dieses Jahr an Weihnachten sehr fehlen.*

Liebe Leserinnen und Leser,

ich freue mich riesig darüber, dass „New York Christmas Story" in die dritte Auflage geht und meine Geschichte ein weiteres Mal die Chance bekommt, gesehen zu werden. Für mich persönlich gibt es kein romantischeres Setting als New York zur Weihnachtszeit. Der verschneite Central Park, die Schlittschuhbahn am Rockefeller Center und das märchen-hafte Plaza Hotel sind geradezu perfekt, um sie in eine Liebesgeschichte einzubauen. Doch meine Liebe zu New York begann nicht mit einer Romanze, sondern mit Kevin McAllister. Ich war zwölf und saß in der ersten Reihe im Kino. Eigentlich war es der Fußboden vor der ersten Reihe, denn es war eine Vorstellung im örtlichen Feuerwehrhaus und der Saal brechend voll. Ich saß, bzw. lag also direkt vor dieser riesigen Leinwand und wurde regelrecht ins weihnachtliche New York hineingezogen. Aus dieser Position wirkte das Plaza Hotel noch imposanter, die Ganoven Harry und Marv noch furchteinflößender und die geschmückten Fassaden und Schaufenster wie aus einer anderen Welt. Ich hoffe, dass ich euch mit meiner märchenhaften „New York Christmas Story" ebenfalls verzaubern kann. Es gibt zwar keinen Kevin, aber dafür einen echten Prinz Charming, der das Herz am rechten Fleck hat.

Alles Liebe, Karin Bell

1

„Und die wunderschöne Fee zückte ihren Zauberstab und verwandelte das zerrissene Kleid in ein glitzerndes Gewand, die grauen Mäuse in stattliche Kutscher und einen Riesenkürbis in eine goldene Kutsche.'"

Ruby Mitchell legte das dicke Märchenbuch auf dem Nachttisch neben dem Kinderbett ab und steckte anschließend die kuschelige Daunendecke um ihre Enkeltochter fest. Mit einem Lächeln auf den Lippen streichelte sie Cathlyn eine blonde Strähne aus der Stirn, bevor sie sie liebevoll tadelte. „Aber jetzt wird endlich geschlafen, junge Dame. Es ist fast elf und das war wirklich die allerletzte Geschichte für heute."

„Aber, Grandma, du weißt doch, wie sehr ich Märchen liebe." Ein verhaltenes Gähnen unterbrach den schwachen Protest des kleinen Mädchens, dann rieb es sich müde die Augen. „Außerdem kann doch niemand so toll vorlesen wie du."

Ruby schmunzelte. Ihre Kleine wusste ganz genau, wie sie sie um den Finger wickeln konnte. Schlagartig mischte sich Traurigkeit in ihre Gedanken, denn sie wusste auch, dass sie die Einzige war, die Cathlyn überhaupt noch vorlas. Seit ihr Schwiegersohn im vergangenen Jahr nach dem Tod ihrer Tochter wieder geheiratet hatte und seine neue Frau samt ihren Zwillingstöchtern bei ihm eingezogen waren, hatte sich vieles verändert.

So kam es immer häufiger vor, dass Cathlyn die Wochenenden lieber hier bei ihnen in Queens verbrachte, wie ihre Enkelin Ruby anvertraut hatte, als auf Long Island, da das prachtvolle Haus mit Personal mittlerweile „Cruellas" Anstrich bekommen hatte. Von dem gemütlichen Nest, das ihre Tochter einst so liebevoll eingerichtet hatte, war nichts mehr übrig geblieben. Stattdessen wirkte das große Haus nun wie ein Museum, unpersönlich und kalt. Es tat ihr in der Seele weh, wenn sie daran dachte, dass ihr einziges Enkelkind mit so einer furchtbaren Person und deren verzogenen Gören aufwachsen musste.

Plötzlich heulte der Wind, der bereits seit dem Abendbrot tobte, laut auf und rüttelte so heftig am Dachstuhl ein Stockwerk über ihnen, sodass sie es auch in dem kleinen Gästezimmer im Obergeschoss, direkt gegenüber dem Schlafzimmer ihrer Großeltern, knarren hörten. Erschrocken sahen sich die beiden an, ehe Cathlyns Blick zum Fenster fiel.

„Grandma, sieh doch, es schneit!"

Ehe Ruby ihre Enkelin zurückhalten konnte, war diese aus dem kuscheligen Bett gesprungen. Fest drückte sie ihre Nase an die Fensterscheibe, an der sich im Laufe des Abends etliche winzig kleine Eiskristalle gebildet hatten.

Für einen Moment verfolgte auch sie gebannt das Schauspiel, das sich draußen abspielte, bis Cathlyn nach ihrer Hand griff. Mit Tränen in den Augen sagte das Mädchen: „Ich vermisse Mom ... Ob sie mir so vom

Himmel ein Zeichen schickt? Das macht sie immer, wenn ich sie ganz arg vermisse."

Ruby warf einen letzten Blick auf die dicken Schneeflocken, die nun überall am Fenster klebten, und drückte Cathlyn an sich. Nur mit Mühe gelang es ihr, den dicken Kloß im Hals herunterzuschlucken, um ihrer Enkelin zu antworten. „Da bin ich mir ganz sicher, mein Schatz."

2

20 Jahre später

Wild wirbelte der Schnee in dicken Flocken durch die Straßen, als sich die Pforten zum Macy's, New Yorks größtem und ältestem Kaufhaus, öffneten. Über dem Eingang prangte ein überdimensionaler Weihnachtskranz aus Tannenzweigen mit einer tiefroten Schleife, während unzählige Lämpchen die Fassade des alterwürdigen Gebäudes am Herald Square zum Leuchten brachten.

Endlich war es wieder so weit: Die Weihnachtssaison war eröffnet. Manhattan zeigte sich von seiner märchenhaftesten Seite und lockte so Tausende von Touristen und Romantikern in die Stadt. Es würde nicht mehr lange dauern, bis sich auch an diesem Freitagmorgen die festlich dekorierten Gänge und Abteilungen des Warenhauses mit Kundschaft füllten. Heimlicher Star war jedoch, wie in jedem Jahr, der hauseigene Weihnachtsmann, der eine verblüffende Ähnlichkeit mit dem „echten" Santa hatte und seit nunmehr 150 Jahren Tradition war.

Cathlyn Jones warf einen letzten Blick in den Spiegel und trat aus dem Aufenthaltsraum hinaus in den Laden. In wenigen Minuten würde sich dieser Bereich der Damenabteilung mit den Frauen der Upperclass füllen, die fest entschlossen waren, die Kreditkarten ihrer Ehemänner zum Glühen zu bringen.

Cathlyn überprüfte ein weiteres Mal die Auslagen: bunte Cashmere-Pullis, metallicfarbene Daunenjacken, Mäntel mit Nerzbesatz, gefütterte Lammfellboots und, der Renner in dieser Saison, Skibekleidung, mit der frau auch in der Stadt eine tolle Figur machte. Sie konnte sich ein Grinsen nicht verkneifen, als ihr Blick auf eine neongrüne Hose fiel. Na ja, über Geschmack ließ sich bekanntlich streiten …

Automatisch griff sie nach dem Preisschild – und machte große Augen. Wie zu erwarten, lag der Wert weit über ihrem Monatsgehalt – obwohl die Preise sie nach fünf Jahren als Verkäuferin eigentlich nicht mehr überraschen sollten. Doch bei diesem Stück rechtfertigte nicht einmal das Material die dreitausend Dollar. Die neongrüne Skihose hätte ebenso gut von der Stange sein können.

Erst vor Kurzem hatte Cathlyn ein ähnliches Modell bei Target gesehen, als sie mit ihrer Grandma unterwegs gewesen war. Hin und wieder wurde sie in dem riesigen Supermarkt in Queens sogar selbst fündig, aber „solche Art von Kleidung" war hier nicht erwünscht, wie ihr Vorgesetzter bereits damals beim Vorstellungsgespräch nach einem Blick auf ihr Outfit klargestellt hatte.

Umso überraschter war Cathlyn gewesen, dass sich die Verkäuferinnen der High-End-Produkte nach Lust und Laune im Lager bedienen konnten. Eigens zu diesem Zweck schickten die Designer zusätzliche Outfits, damit die Angestellten gleichzeitig als lebendige Mannequins fungieren konnten. Cathlyn liebte es, sich zumindest für den Job herauszuputzen – obwohl, verkleiden kam der Sache wohl näher, in ihrer Freizeit liebte sie es schließlich bequem.

„Cathlyn, guten Morgen, meine Liebe!"

Aus ihren Gedanken gerissen, drehte sich Cathlyn überrascht nach der ihr bekannten Stimme um und entdeckte Dana Carter, eine ihrer Stammkundinnen, mit glühenden Wangen auf sie zusteuern. Heute steckte die Brünette in einem grauen Wollmantel und kuscheligen Stiefeln, die ihren klassischen Stil perfekt unterstrichen.

„Guten Morgen, Mrs Carter. Wie geht's Ihnen?" Cathlyn schenkte der eleganten Dame ein breites Lächeln und lief ihr eilig entgegen. Von all ihren Kundinnen mochte sie Dana am liebsten. Sie war bodenständig, nett und hatte ein großes Herz.

„Mir geht es prima, Cathlyn", erwiderte Dana gut gelaunt, ehe sie sich erstaunt umsah. „Bin ich etwa die Erste? Das würde bedeuten, ich habe noch freie Auswahl, bevor die Aasgeier kommen!"

„Ganz genau und zufälligerweise haben wir heute auch ein neues Ensemble von Ihrem Lieblingsdesigner bekommen", informierte Cathlyn Dana in verschwörerischem Tonfall.

„Wirklich? Ach, das ist ja wunderbar!", jauchzte Mrs Carter und legte sich die Hand auf die Brust. „Das trifft sich ausgezeichnet, schließlich findet in drei Wochen mein alljährlicher Winterball im Plaza statt. Sie müssen kommen, Cathlyn. Sobald die Einladungen da sind, bringe ich Ihnen eine vorbei."

Wehmütig sah Cathlyn Dana Carter an und Erinnerungen an längst vergessene Dinnerpartys im Hause ihrer Eltern brachen über sie herein. Als Kind hatte sie es geliebt, sich für solche Gelegenheiten herauszuputzen. Ihre Mom hatte ihr eigens dafür die schönsten Kleider bestellt und ihr sogar die Haare aufgedreht. Doch seitdem „Cruella" das Zepter übernommen hatte, war Cathlyn während dieser Veranstaltungen lieber den ganzen Abend auf ihrem Zimmer geblieben, um zu lesen.

Mit einem besorgten „Cathlyn?" riss ihre Stammkundin sie aus den Gedanken und sah sie fragend an.

„Vielen Dank, Mrs Carter, das hört sich wirklich fantastisch an, aber ich weiß nicht, ob ich da reinpasse", erwiderte Cathlyn betrübt lächelnd.

Dana legte ihr mütterlich die Hand auf den Arm und sah sie liebevoll an. „Es sind ja noch drei Wochen. Überlegen Sie es sich in Ruhe. Ich jedenfalls würde mich sehr freuen, wenn Sie kämen."

Bei Danas liebevoller Geste und ihrer sanften Stimme wurde Cathlyn sofort warm ums Herz. Für einen kurzen Moment war sie versucht, der Einladung spontan zuzusagen, dann verließ sie jedoch der Mut. „Ich werde es mir ganz sicher überlegen, Mrs Carter", anwortete sie stattdessen mit fester Stimme.

Dana schenkte der jungen Frau ein zufriedenes Lächeln und antwortete mit einem Augenzwinkern: „Sie werden es nicht bereuen, meine Liebe. So, jetzt zeigen Sie mir endlich das Schmuckstück, von dem Sie geredet haben. Ich hoffe, es funkelt schön, denn das Motto dieses Jahr lautet ‚Wintermärchen'."

„Dann habe ich genau das Richtige für Sie." Cathlyn grinste breit und führte Dana aufgeregt in den Bereich für Abendmode.

Das neue Kleid von Valentino war ganz einfach perfekt für sie. Schlicht, elegant und gut mit ihren üblichen Accessoires zu kombinieren. Darauf hatten die beiden Frauen immer ein besonderes Augenmerk, wenn sie Danas Garderobe aussuchten. Die Kleidung durfte auf keinen Fall zu bunt sein, weshalb sie oft über Beige, Schwarz, Grau oder Marine nicht hinauskamen. Im Gegenzug durften die Schuhe und Handtaschen etwas auffälliger sein. Außerdem trug ihre Stammkundin für ihr Leben gern Perlen und wurde nicht müde, ihr bei jeder Gelegenheit eine kleine Anekdote aus ihrem bewegten Leben zu erzählen. Und Cathlyn wurde ihrerseits nicht müde, ihr spannend zu lauschen. Deshalb freute sie sich ganz besonders, dass der heutige Montagmorgen mit einem Besuch von Mrs Carter begann.

Vorsichtig griff Cathlyn nach dem Kleid. Auf den ersten Blick wirkte es unscheinbar, doch wenn der Stoff sich bewegte, kamen die unzähligen Pailletten zum Vorschein, die vom Licht reflektiert wurden und die Umgebung in ein funkelndes Meer verwandelten. Auch Cathlyn verschlug es bei dem Anblick noch immer den Atem.

Erwartungsvoll sah sie zu Dana, die sprachlos die Hände vor den Mund hielt und das Kleid mit verklärtem Blick ansah. Es schien, als würde Dana jedes winzige Detail des aufwändig bestickten Kleides in sich aufnehmen.

„Einfache Ohrstecker und die Samtpumps, die Sie neulich gekauft haben, machen das Outfit perfekt", schlug Cathlyn lächelnd vor.

„Ich bin verliebt! Und wie schön es funkelt!" Für einen Augenblick wirkte die Dame wie ein junges Mädchen, das mit großen, glänzenden Augen ein Prinzessinnen-kleid bewunderte, doch dann mischte sich ein Ausdruck von Wehmut in ihren Blick. „Wie schade, dass mich mein Henry nicht mehr in diesem Kleid sehen kann."

Cathlyn sah ihre Kundin mitfühlend an. Henry Carter musste ein unglaublicher Mann mit einem großen Herz gewesen sein. Beinahe jedes Mal, wenn sie sich trafen, kam Mrs Carter nicht umhin, ihn zu erwähnen. Sie erzählte von den Geschäftsreisen ins Ausland und den gemeinsamen Abenteuern, die sie dort erlebt hatten. Besonders gerne mochte Cathlyn die Geschichten über Spanien oder Frankreich … Länder, die sie selbst irgendwann einmal gerne besuchen würde.

Mrs Carter wirkte jedoch keineswegs betrübt oder in Trauer, wenn sie von der gemeinsamen Zeit und den vielen sozialen Projekten erzählte, die ihr Mann unterstützt hatte, sondern stolz und voller Tatendrang. Sie hatte es sich nämlich zur Aufgabe gemacht, sein Vermächtnis fortzuführen.

„Dann probiere ich dieses schicke Teil doch gleich mal an." Mrs Carter zwinkerte Cathlyn verschwörerisch zu, als sie gemeinsam die Umkleide ansteuerten.

„Guten Morgen, Mrs Carter! Wie schön, dass Sie uns beehren!" Wie aus dem Nichts kam in dem Moment Cathlyns Chef Mr Hector hinter einem Kleiderständer hervor und entlockte ihr so ein Augenrollen. Er musste sie einfach zu jeder Zeit kontrollieren.

Neugierig warf er einen Blick auf das Paillettenkleid. „Oh, eine ausgezeichnete Wahl!", fuhr er mit einem schleimigen Lächeln fort. „Ich hoffe, alles ist zu Ihrer vollsten Zufriedenheit?"

Beinahe unauffällig gelang dem kleinen, glatzköpfigen Mann mit Nickelbrille ein Seitenblick auf Cathlyn, durch den er wahrscheinlich ihr heutiges Outfit in Sekundenschnelle musterte. Anscheinend zufrieden mit dem, was er sah, wandte er sich wieder Mrs Carter zu.

„Das Valentinokleid ist wie für Sie gemacht! Darf es denn noch etwas sein? Passende Schuhe oder vielleicht ein neues Täschchen?", fragte er übereifrig weiter und schnitt Cathlyn nicht nur den Weg, sondern auch sie von ihrer Kundin ab, während er ihr das Kleid förmlich aus der Hand riss.

Irritiert starrte Mrs Carter den hageren Mann mittleren Alters an, bevor ihr Blick auf dessen Hemd fiel, das über und über mit kleinen rosafarbenen Pudeln bedruckt war.

„Ich darf doch sehr bitten", war alles, was sie sagte, und nahm ihm mit einem Lächeln, aber dennoch bestimmt das Kleid wieder ab. „Ms Jones kümmert sich bereits hervorragend um mich."

„Ja, sicher", flötete der Leiter der Damenabteilung und schob seine Mitarbeiterin nach vorne. „Cathlyn, auf was warten Sie noch?"

Cathlyn unterdrückte ein genervtes Schnauben und schenkte ihrem Vorgesetzten stattdessen ein freundliches Lächeln, ehe sich dieser mit einer lächerlichen Verbeugung von Mrs Carter verabschiedete.

„Was für ein Schleimer und dann noch sein gruseliger Modegeschmack!", entfuhr es Mrs Carter, als Cathlyns Chef hinter der nächsten Ecke verschwunden war. „Wie halten Sie es nur mit dem Kerl aus?"

Cathlyn hob entschuldigend die Hände. „Na ja, ich liebe es eben hier bei Macy's – und daran kann nicht einmal mein Boss etwas ändern." Ein zartes Lächeln bildete sich auf ihren Lippen, als sie begann, in Erinnerungen zu schwelgen. „Schon als kleines Mädchen war ich fasziniert von den Dekorationen, den gefüllten Regalen, nicht zu vergessen die Feinkostabteilung und unser weltbekannter Santa."

Mrs Carter seufzte verträumt und sah Cathlyn verständnisvoll an. „Ich weiß genau, was Sie meinen, meine Liebe. Da würde ich auch Opfer bringen."

3

Steven Hartford zog den Kopf zwischen die Schultern sowie seine Aktentasche nah an den Körper, um sich und die Arbeitspapiere vor den dicken Flocken zu schützen, als er aus dem Taxi schlüpfte, das ihn ausnahmsweise direkt vor dem Kaufhaus herausgelassen hatte. Unter normalen Umständen wäre es nicht möglich gewesen, in zweiter Reihe zu parken, schon gar nicht an einem Freitagabend. Aber nachdem der Verkehr beinahe zum Erliegen gekommen war, machte es auch keinen Unterschied mehr, ob die folgenden Fahrzeuge nun seinetwegen ein Hupkonzert veranstalteten oder weil sie es einfach gewohnt waren.

Schnell huschte Steven durch eine der Drehtüren, die sich am Seiteneingang von Macy's befanden, und schüttelte kurz darauf seine Kleidung aus, ehe er eintrat. Sofort hüllten ihn ein Schwall warmer Luft sowie ein fröhlicher Weihnachtssong ein. Bevor er sich interessiert umsah, öffnete er automatisch die Knöpfe des Mantels, um seinen Schal zu lockern.

Wie jedes Jahr übertrumpfte die neueste Weihnachtsdekoration diejenige vom Vorjahr. Auch dieses Mal hatte man keine Kosten und Mühen gescheut, dem guten Namen des Warenhauses alle Ehre zu machen. Tannengirlanden spannten sich wie Torbögen von einer Seite zur anderen, klassische Farben wie Rot und Gold dominierten Decken sowie Treppengeländer und wohin das Auge reichte, entdeckte man weihnachtliche

Ornamente und Figuren wie Zuckerstangen, Weihnachtssocken, Christbaumschmuck und wunderschöne Schneekugeln. Steven musste lächeln, denn der Zauber der Weihnachtszeit verfehlte auch bei ihm nicht seine Wirkung.

Während er sich noch etwas im Erdgeschoss umsah, entdeckte er am Grabbeltisch nahe den Kassen einen witzigen Anhänger für seine Schwester. Ohne lange zu zögern, griff er ihn sich, bezahlte schnell und verstaute ihn in seiner Tasche. Anschließend steuerte er die Rolltreppen an, um in die Damenabteilung im zweiten Stock zu fahren und ein Geburtstagsgeschenk für seine Mom zu besorgen – wie immer in letzter Minute.

Sie hatte ein Faible für Halstücher; weshalb er sich entschieden hatte, sie auch in diesem Jahr mit einem solchen zu überraschen. Er wusste ja selbst, dass es mittlerweile etwas langweilig wurde, aber so war er wenigstens auf der sicheren Seite.

Mit einem kritischen Blick auf die Armbanduhr stellte er fest, dass ihm ohnehin keine Zeit mehr blieb, sich nach etwas anderem umzuschauen – der Laden würde bereits in einer Viertelstunde schließen.

Als er das zweite Stockwerk erreichte, atmete er erleichtert auf. Im Vergleich zum Erdgeschoss war hier oben deutlich weniger los. Mit einigen wenigen Blicken verschaffte er sich einen Überblick und sah sich daraufhin etwas hilflos nach einer Verkäuferin um. Im hinteren Bereich des Stockwerks, bei den Umkleiden, entdeckte er schlussendlich zwei Frauen, die sich offensichtlich einen Spaß daraus machten, einen neonfarbenen Skioverall mit allerlei Accessoires zu kombinieren. Zum zweiten Mal an diesem Tag schlich sich ein Lächeln auf seine Lippen, als er die beiden amüsiert beobachtete. So wie es aussah, kannten sich die Verkäuferin, die er durch das Namensschild als solche identifiziert hatte, und Kundin, da sie sehr vertraut miteinander umgingen und immer wieder kicherten.

Schnell erhaschte er einen Blick auf eines der Accessoires, das die Kundin trug – ein hübsches Tuch, das wie gemacht war für seine Mom –, und steuerte entschlossen auf die Frauen zu. Das kehlige Lachen der Kundin drang an sein Ohr, während er näher kam, und als sie die dicke Pelzkappe vom Kopf zog, unter der blondes, schulterlanges Haar zum Vorschein kam, konnte er auch ihr Gesicht sehen. Ihre grauen Augen leuchteten vor Freude, ihre Wangen waren rosig und ohne Vorwarnung rutschte ihm das Herz in die Hose. Gab es so etwas wie Liebe auf den ersten Blick tatsächlich oder hatten ihm das *Winterwonderland* im Erdgeschoss und die Musik, die immer noch auf ihn eindudelte, den Verstand vernebelt?

Wie in Trance ging er weiter und starrte die junge Frau einfach nur an. Sie hatte Stil, war topgepflegt und bestimmt eine dieser verwöhnten Upper-East-Side-Töchter, um die er künftig eigentlich einen großen Bogen hatte machen wollen. Doch irgendetwas passte hier nicht. Mit ihrem amüsierten Grinsen wirkte sie viel zu „echt" und nicht so künstlich wie die anderen schwerreichen jungen Frauen, die er kannte.

Eine freundliche Stimme holte ihn wieder in die Wirklichkeit zurück und sein Blick fiel auf die Verkäuferin, die ihn fragend ansah. „Kann ich Ihnen helfen?"

„Ähm, guten Abend“, stammelte er und sah der Kundin nach, die sich hektisch auf den Weg zur Umkleide machte, beinahe so, als wäre ihr der Aufzug nun unangenehm.

„Ich weiß, ich bin spät dran, aber ich bräuchte noch ein Last-Minute-Geschenk ... Das Tuch gerade eben hat mir sehr gut gefallen“, fuhr Steven fort und nickte hoffnungsvoll mit dem Kopf in Richtung Umkleide.

„Oh, *das* Tuch? Kommen Sie doch bitte mit, Mister, hier drüben haben wir eine fantastische Auswahl an Tüchern.“

Steven folgte der Verkäuferin und nach einem schnellen Blick zur Damenumkleide war er sich ziemlich sicher, dass sich die Kundin mit voller Absicht darin verschanzte. Dabei wünschte er sich nichts mehr, als noch einmal ihr herzliches Lachen zu hören.

„Hier haben wir das schöne Stück – Cashmere mit Seide und einem dezenten Allover-Monogrammprint.“

Steven griff nach dem weichen Schal und fuhr mit dem Daumen über die feinen Fransen an den Enden. „Wirklich sehr hübsch und mal was anderes. Auch die blaue Farbe sieht sehr nett aus.“

„Es ist tatsächlich ein wunderschönes Tuch und mit dem Monogrammprint ein echter Hingucker“, fügte die Verkäuferin freundlich hinzu und sah ihn abwartend an.

Plötzlich ertönte der Gong, der die baldige Schließung des Kaufhauses ankündigte, und Stevens Lächeln verwandelte sich in ein amüsiertes Grinsen. „Puh, gerade noch Glück gehabt.“

Die Verkäuferin führte ihn schmunzelnd zur Kasse. Auf dem Weg dorthin passierten sie erneut die Umkleide. Mit einem letzten Blick in ebenjene Richtung musste Steven feststellen, dass diese mittlerweile leer waren. So wie es aussah, hatte die scheue Kundin die letzten Minuten, während er sich das Tuch angesehen hatte, zum Flüchten genutzt.

Für einen kurzen Moment spielte er mit dem Gedanken, die Verkäuferin nach ihr zu fragen, verwarf den Einfall jedoch schnell, da sie ihm ohnehin keine Auskunft geben oder gar einen Namen verraten würde.

Nachdem er bezahlt hatte, verabschiedete er sich freundlich und verließ das jetzt nahezu menschenleere Kaufhaus durch den Vordereingang.

Als Steven ins Freie trat, konnte er kaum die Hand vor Augen sehen und auch seine Schuhe versagten nach wenigen Metern ihren Dienst. Er fühlte, wie eiskaltes Wasser seine Socken augenblicklich durchnässte. Innerhalb der wenigen Minuten, die er in dem Kaufhaus verbracht hatte, waren New Yorks Wege zur Gänze vom Schnee bedeckt worden.

Nach einem Blick zur Straße, wo sich die Autos nur im Schneckentempo vorwärtsbewegten, beschloss er, die U-Bahn nach Hause zu nehmen. Schnell knöpfte er sich den Mantel bis oben hin zu und bahnte sich seinen Weg durch die Schneemassen.

Nach wenigen Metern erreichte er die Subway-Station am Herald Square, die sich direkt neben dem Kaufhaus befand. Ehe er die Stufen allerdings hinabstieg, warf er automatisch einen Blick nach links oben, konnte jedoch keinen Blick auf das Empire State Building erhaschen. Die Spitze des Wolkenkratzers war komplett vom Schnee verschluckt worden.

Steven griff nach dem Handlauf und stieg vorsichtig die rutschigen Treppen hinab. Kurz darauf erreichte er endlich den Bahnsteig der Linie F, die nordaufwärts zur Upper East Side führte. Im Gegensatz zu draußen stand in den Tunneln der U-Bahn-Stationen die Luft, weshalb Steven seinen Mantel erneut etwas öffnete und sich dann unbehaglich umsah.

Er fuhr eher ungerne mit der Subway, lediglich in Ausnahmefällen wie heute, wenn es sich nicht vermeiden ließ. Nicht, dass er sich zu fein wäre, im Gegenteil. Er mochte es nur nicht, dicht an dicht mit Fremden auf engem Raum zu stehen. Besonders jetzt wurde ihm mal wieder bewusst, wie voll es in seiner Heimatstadt zur Weihnachtszeit war.

Als die Subway plötzlich heranrauschte und ihm ein Schwall abgestandener Luft ins Gesicht schlug, drückte er intuitiv seine Aktentasche und die weihnachtliche Geschenktüte von Macy's an den Körper, um sie festzuhalten. Die Türen öffneten sich und eine Masse an Menschen strömte heraus. Schnell bahnte sich Steven seinen Weg durch die Menge, stieg ein und ließ sich erleichtert auf einem freien Platz nieder.

Nur vier Stopps und er hätte es geschafft. Erst jetzt bemerkte er, wie müde er tatsächlich war und wie sehr ihm nach diesem Zehn-Stunden-Tag die Füße brannten. Für einen Augenblick schloss er die Augen und versuchte, sich zu entspannen, während er im Kopf die nächsten Stationen durchging.

Nach der Haltestelle Bryant Park würden sie am Rockefeller Center vorbeifahren, hinauf zur 57. Straße. Von dort aus ging es weiter in Richtung Central Park, unter dessen südöstlicher Ecke sie scharf rechts weiter zur Lexington Avenue Station abbiegen würden. Dort würde er aussteigen.

Steven öffnete wieder die Augen und sah sich unauffällig um. Die meisten Fahrgäste sahen so aus, wie er sich heute fühlte: müde und abgeschlagen. Die Touristen offensichtlich von den kilometerlangen Sightseeing- und Shoppingtouren durch die Stadt und die Geschäftsleute und Angestellten von ihren Schichten.

Mit einem Zischen öffneten sich die Türen, ehe weitere Fahrgäste in den Waggon hineinströmten und sich dicht aneinanderdrängten. Auch wenn ihn die Enge hier drinnen zunehmend störte, musste er zugeben, dass die Zeitersparnis im Vergleich zum Taxi enorm war, von den Kosten ganz zu schweigen. Aber für seine Familie, besonders für seinen Dad mit eigener Limousine, war es zur Normalität geworden, sich herumchauffieren zu lassen. Schließlich musste sich sein Dad als potenzieller Senator vom „Volk" abheben, wie er ihm bei jeder Gelegenheit einzutrichtern versuchte.

Die Durchsage kündigte den für ihn vorletzten Stopp an und Steven raffte seine Sachen zusammen. Wenige Sekunden später stieg er aus der U-Bahn und die Treppen zur Lexington Avenue hinauf, wo es immer noch schneite.

Mit großen Schritten lief er die wenigen Meter zu seiner Wohnung, die sich in einem großen Appartementhaus am Central Park befand. Erleichtert atmete er auf, als er in der Dunkelheit endlich die grüne Markise mit der aufgedruckten Hausnummer 408 und den Portier vor dem Eingang entdeckte. Wie immer im

Winter, wenn sich New York in eine märchenhafte Schneekugel verwandelte, trug dieser zusätzlich zu seiner gefütterten Uniform eine Pelzkappe und dicke Handschuhe.

„Guten Abend, Mr Hartford. Ich hoffe, Sie hatten einen schönen Tag?", fragte der Mann, als Steven das Gebäude erreichte, und griff mit der Hand zur Tür, um sie zu öffnen.

„Danke, Raul, aber auf dieses Schneechaos könnte ich gut verzichten. Ich bin einfach nur froh, dass ich jetzt daheim angekommen bin", erwiderte Steven müde lächelnd und verabschiedete sich mit einem freundlichen Nicken schnell wieder von ihm.

Zügig passierte er die marmorne Eingangshalle und steuerte dann direkt den Aufzug an, neben dem sich ein opulent geschmückter Weihnachtsbaum befand.

Während Steven auf den Lift wartete, schenkte er der fünf Meter hohen Nordmanntanne ein anerkennendes Lächeln. Die Zweige wirkten, als würden sie unter dem Gewicht der abertausenden Lämpchen und silbernen Kugeln ächzen.

In dem Moment öffneten sich mit einem leisen *Pling* die Türen und er fuhr hinauf zur obersten Etage, in der sich seine Eigentumswohnung befand.

Es war die kleinste Wohnung im ganzen Gebäude, da sie direkt unter dem Dach lag, aber dafür wurde er mit der besten Aussicht belohnt. Außerdem hatte seine Wohnung Charme. Mit mehreren kleinen Erkern und darauf sitzenden Türmchen ausgestattet, war sie dem französischen Renaissance-Stil des Plaza nachempfunden.

Steven verließ den Aufzug, tippte am Display neben der Tür seinen Zugangscode ein und betrat schließlich die Wohnung. Drinnen angekommen, stellte er seine Aktentasche sowie die Einkaufstüte am Boden ab und befreite sich schnell von seinem durchnässten Mantel und den Schuhen. Anschließend nahm er vorsichtshalber das Geschenk für seine Mutter aus der Tüte, da diese durch den Mangel an Schutz ebenfalls nass geworden war, um die kleine Schachtel, in der sich das Tuch befand, auf Feuchtigkeit zu überprüfen. Erleichtert, dass die Verpackung keinen Schaden genommen hatte, stellte er sie auf der Konsole neben der Tür ab, damit er sie morgen nicht vergaß.

Der Anblick des Geschenkkartons von Macy's weckte sogleich Erinnerungen an die unbekannte Schönheit, die sich allzu offensichtlich vor ihm versteckt hatte. So Furcht einflößend war er nun auch wieder nicht.

Steven schmunzelte, als er an ihren überraschten Gesichtsausdruck dachte, dabei hatte sie in diesem neongrünen Skioverall nicht einmal schlecht ausgesehen. Vermutlich würde sie sogar in einem alten Kartoffelsack voller Ruß im Gesicht eine gute Figur machen.

Nachdenklich lief er in sein Badezimmer, wo er sich von den feuchten Klamotten befreite, um kurz darauf in eine bequeme Jogginghose samt Kapuzenpulli zu schlüpfen. Anschließend machte er sich fröstelnd auf den Weg in die Küche.

Kurz überlegte er, ob er noch irgendwelche Instantsuppen im Schrank hatte – natürlich kein Vergleich zur selbst gekochten Hühnerbrühe seiner Mom –, entschied sich dann jedoch für den Lieferdienst. Kurz darauf hatte er eine große Portion Thai-Suppe mit Hühnchen bestellt, die ihn sicher genauso gut von innen aufwärmen würde.

Mit einem zufriedenen Lächeln auf den Lippen schaltete Steven schließlich das Licht im Wohnzimmer aus und lief zu der kleinen Dachgaube hinüber, die etwas versteckt am anderen Ende des Wohnzimmers und hinter seinem Bücherregal lag. Hierhin hatte er noch nicht einmal seine Ex-Verlobte geführt – geschweige denn sie hinter den Büchern alleine gefunden –, denn er wusste, dass sie diesen magischen Ort für immer zerstört hätte.

Bei dem Gedanken an Valerie verzog Steven kurz das Gesicht und ließ seinen Blick anschließend gedankenverloren über den Central Park schweifen, der ihm von hier oben zu Füßen lag. Viel konnte er im Dunkeln zwar nicht mehr erkennen, dafür zogen ihn die unzähligen kleinen Lichter, die den Park und die umliegenden Häuser beleuchteten, umso mehr in ihren Bann.

4

„Grandma, bist du dir sicher, dass du so viel Mehl brauchst?" Cathlyn warf einen skeptischen Blick auf den Inhalt des riesigen Einkaufswagens und manövrierte das störrische Ding geschickt um die nächste Ecke. Es war Samstagvormittag und die beiden erledigten gerade ihren Wocheneinkauf.

„Ja, das Seniorencenter zählt auf uns, mein Liebling. Ich bin schließlich die Einzige meiner Freundinnen, die noch kräftig zupacken und kneten kann", verteidigte sich Ruby.

Mit einem beschämten Grinsen sah sich Cathlyn um. Im Gegensatz zu ihrer Grandma war sie sich der Zweideutigkeit ihres Satzes deutlich bewusst. Allerdings wusste sie nur zu gut, wie wichtig ihrer Großmutter die jährliche Weihnachtsbackaktion war.

„Halt, stopp, meine Kleine", sagte Ruby da plötzlich und hielt Cathlyn am Arm fest, damit sie stehen blieb. „Sieh dir diese BHs an! Was Neckisches zu Weihnachten hat noch niemandem geschadet."

Mit offenem Mund verfolgte Cathlyn, wie sich ihre Oma einen hautfarbenen Büstenhalter in Körbchengröße D von der Kleiderstange schnappte und diesen ungeniert vor ihre Brust, samt Strickjacke, spannte. „Zwei Stück für zwanzig Dollar, das nenn ich mal ein Schnäppchen."

Im hohen Bogen flogen die BHs ebenfalls in den Wagen, dann verschwand ihre Grandma bis zu den Ellbogen in einem Wühltisch, der neben der Stange stand. „Hier ist sogar ein passender Slip!" Mit einem zufriedenen Grinsen auf dem Gesicht schlenderte Ruby wieder zurück zu ihrer Enkelin.

„Nicht unbedingt derselbe Farbton, aber dein Grandpa merkt den Unterschied eh nicht."

Mit einem belustigten Kopfschütteln schob Cathlyn den Wagen weiter durch die Gänge. Sie war von ihrer Grandma schon so einiges gewohnt. Ja, sie war zu laut, man hörte ihr Organ meilenweit gegen den Wind, noch dazu nahm sie kein Blatt vor den Mund und trug ihr Herz auf der Zunge. Aber genau das liebte Cathlyn so an ihr, denn sie kannte es auch anders.

Clara Jones, ihre Großmutter väterlicherseits, war das komplette Gegenteil von Ruby und obendrein total versnobt. Ihr Verhältnis war schon immer irgendwie schwierig gewesen und das lag nicht nur daran, dass die Mutter ihres Vaters überhaupt keinen Spaß verstand. Es war eher der Tatsache geschuldet, dass sie ihrer Enkelin gerne ihren eigenen Stempel aufgedrückt hätte.

Cathlyn schüttelte sich bei dem Gedanken an die arrangierten Teegesellschaften von damals und beschloss, sich lieber auf die Schnäppchen um sie herum zu konzentrieren. Dabei hatte sie es gar nicht nötig, auf Sonderangebote zu achten, im Gegenteil. Sie könnte sich jederzeit kaufen, was sie wollte, schließlich war sie reich und ihre Familie väterlicherseits sehr einflussreich.

Aber Cathlyn hatte um ihre Herkunft nie viel Aufhebens gemacht und so wusste kaum jemand, wer sie wirklich war. Besonders seit sie als Teenager nach Queens zu ihren Großeltern gezogen war, um dort unter dem Dachgiebel in ihrem Kämmerchen zu wohnen, wie sie ihr kleines Reich liebevoll nannte. Dort fühlte sie sich wohl und nicht unter Beobachtung der wachsamen Augen ihrer herrischen Stiefmutter. Von ihrem alten Zuhause war ohnehin nicht viel übrig geblieben, denn „Cruella" hatte in ihrer rasenden Eifersucht jegliche Erinnerungsstücke an Cathlyns Mutter, Stella Jones, eliminiert. Dabei war sie sehr geschickt vorgegangen, indem sie die Geschäftsreisen ihres Mannes für ihre Pläne genutzt hatte.

Cathlyn liebte ihren Vater mehr als alles andere auf der Welt, aber sie konnte bis heute nicht verstehen, warum er sich in seiner Trauer ausgerechnet diese Frau ins Haus geholt hatte.

Plötzlich erregte etwas in ihren Augenwinkeln Cathlyns Aufmerksamkeit und sie legte mit dem Einkaufswagen eine Vollbremsung hin, als sie an dem Regal mit den neuesten Büchern vorbeikamen. Sie liebte Weihnachtsromane abgöttisch und so begann sie begeistert, die Klappentexte der Romane zu überfliegen. Schnell wanderten auch heute wieder einige Exemplare in den Einkaufswagen, zusätzlich zu den drei Lichterketten, die sie auf dem Dekotisch neben der Literatur entdeckte und die später einen Platz über ihrem Bett finden würden.

Schon als kleines Mädchen hatte sie ihre Nase nur allzu gerne in Bücher gesteckt, um für einige Zeit in eine zauberhafte Welt voller Magie und Wunder abzutauchen. Heute waren es zwar keine Märchenbücher mehr, stattdessen waren es Weihnachtsromane, die in Cathlyn ebenfalls diese wohlige

Stimmung von Geborgenheit und Wärme hervorriefen.

Dann fiel ihr ein weiteres Buch ins Auge. „Wow, *Weihnachten mit Nora Roberts*, ein neuer Sammelband!" Aufgeregt griff sie nach einem dicken Wälzer und überflog schnell den Klappentext.

Cathlyn spürte, noch immer das Buch in der Hand, wie Ruby den Einkaufswagen übernahm. „Lass dir ruhig Zeit ... und vielleicht wirst du ja hier fündig."

Fragend sah sie vom Buch auf und bemerkte, wie ihre Großmutter sie mit einem liebevollen Blick betrachtete.

„Na, ich meine die Weihnachtsgeschenke für deine Stiefschwestern", fuhr Ruby mit einem Schmunzeln fort.

Cathlyn schnitt eine Grimasse. „Haha, sehr witzig, Grandma. Ein Geschenk von Walmart?", antwortete sie. „Außerdem bezweifle ich, dass die beiden überhaupt irgendetwas lesen."

„Mmh, da könntest du recht haben. Aber die Gesichter würde ich trotzdem gerne sehen. Am besten lässt du den Aktionsaufkleber noch dran!"

Ruby verfiel in ein herzhaftes Lachen, dann sah sie ihre Enkeltochter verschwörerisch an. „Was hältst du von einer Pizza mit Käserand? Der Food-Space öffnet in einer Viertelstunde."

„Tolle Idee, aber wolltest du nicht noch zum Friseur?", erwiderte Cathlyn nachdenklich.

„Das hat auch noch bis nächste Woche Zeit. Ich weiß sowieso noch nicht, was ich machen lassen möchte. Vielleicht probiere ich mal was Neues aus, so langsam langweilt mich diese öde Dauerwelle. Und dieser

Lilaton, den mittlerweile jede Zweite im Seniorencenter trägt, ist auch schon wieder out."

„Wie wär's, wenn du mal zu einem richtigen Friseur gehst und nicht zu dem im Einkaufscenter?", tadelte Cathlyn ihre Großmutter liebevoll.

„Aber hier ist es doch so praktisch. Nebenan gibt es gleich die Apotheke, den Optiker, den Food-Space ...", zählte Ruby voller Begeisterung auf.

Cathlyn hob abwehrend die Hände, bevor sie ein weiteres Weihnachtsbuch in den Einkaufswagen legte und antwortete: „Wie du meinst, Grandma. Wenn du von etwas überzeugt bist, lässt du dich ja doch nicht mehr abbringen."

Gemeinsam schoben sie den voll beladenen Einkaufswagen in Richtung Kassen, vor denen sich bereits lange Schlangen gebildet hatten.

„Apropos Überzeugung, was ist mit deinen Bewerbungsunterlagen für die *Academy of Fashion and Design*? Wolltest du die nicht vor Weihnachten wegschicken?" Ruby sah ihre Enkelin abwartend an.

Bei den Worten ihrer Großmutter verzogen sich Cathlyns Lippen wehmütig. Sie hatte einen wunden Punkt getroffen. „Ich bin immer noch hin- und hergerissen. Ich müsste meinen Job bei Macy's aufgeben und du weißt, welche Anziehung das Kaufhaus auf mich hat – besonders jetzt, zur Weihnachtszeit." Kurz überlegte sie und fuhr schließlich nachdenklich fort: „Auf der anderen Seite war es schon immer mein Traum, Modedesign zu studieren."

„Man kann nicht zwei Hasen gleichzeitig jagen und du wirst mit deinen fünfundzwanzig Jahren auch nicht jünger, mein Schatz", bemerkte Ruby mit einem verständnisvollen Lächeln, rückte mit dem Wagen auf und legte den ersten Artikel auf das Förderband. Cathlyn schnappte sich dagegen den zehn Kilo schweren Sack Mehl, den ihre Grandma für die Weihnachtsbäckerei benötigte, und hievte diesen ebenfalls auf das Band.

Ihre Gedanken wanderten zu New Yorks bester Modeschule. Um das Finanzielle brauchte sie sich keine Sorgen machen. Wie ihr Dad bereits mehrmals betont hatte, würde er sie liebend gern unterstützen. Aber um das Zeitliche. Denn Vollzeitjob und Vollzeitstudium funktionierten nicht gleichzeitig – sie musste sich für eine Sache entscheiden.

„Puh, das wäre geschafft", bemerkte ihre Grandma voller Erleichterung, nachdem sie alle Artikel aufs Band gelegt hatten und anschließend dem Angestellten am Ende der Kasse halfen, die Einkäufe in Tüten zu packen. „Jetzt haben wir uns die Pizza aber wirklich verdient!"

***

Keine halbe Stunde später parkte der alte bordeauxfarbene Chevrolet Caprice ihrer Großeltern in der Garage eines schmucken Reihenhäuschens in Queens. Wie zu erwarten, hatte ihr Grandpa schon die Einfahrt vom Schnee befreit und kam jetzt dick eingemummelt nach draußen. Seine grauen Haare wurden zusätzlich von einer Wollmütze bedeckt und ein gefütterter Parka versteckte seine leicht untersetzte Figur und den Wohlstandsbauch, der von dem guten Essen ihrer Grandma herrührte.

„Da seid ihr ja endlich. Ich wollte schon einen Suchtrupp nach euch losschicken! Es hört heute ja gar nicht mehr auf zu schneien!", rief Frank Mitchell ihnen entgegen, als Cathlyn die Wagentür öffnete und ausstieg.

„Hi, Grandpa", erwiderte sie, während sie die Tür der Rückbank öffnete. „Wem sagst du das, die Straßen sind kaum geräumt und so wie es aussieht, scheinst du der Einzige in der Nachbarschaft zu sein, der sich überhaupt die Mühe macht, den Gehweg freizuschippen."

Cathlyn schnappte sich die Pizzakartons, ihre Ausbeute an Weihnachtsbüchern und die Handtasche, dann schlüpfte sie an ihrem Grandpa vorbei und stellte alles im Hauseingang ab. Einen Augenblick später war sie wieder auf dem Weg zur Garage.

„Pizza ist eine sehr gute Idee", bemerkte Frank, der den Karton gesehen hatte, erfreut, als er Ruby mit einem Küsschen begrüßte und kurz darauf den Kofferraum öffnete, um die Einkäufe auszuladen.

„Bei Walmart war die Hölle los, dabei ist doch erst in vier Wochen Weihnachten", bemerkte Ruby aufgeregt, als sie sich ebenfalls ein paar Tüten schnappte, ehe Cathlyn hinter Frank darauf wartete, ebenfalls anpacken zu können. „Geh nur rein, das schaffen wir auch allein."

„Zu dritt sind wir doch viel schneller, Grandma. Außerdem wird das Essen kalt", erwiderte Cathlyn, als sie sich den Sack Mehl unter den Arm klemmte und anschließend die Klappe des Kofferraums herunterzog.

„Auf die Seite, meine Hübschen", forderte Frank die beiden feierlich mitten in ihrer Diskussion auf, unterbrach sie dadurch, und drückte lässig auf einen Knopf am Schlüsselanhänger.

Mit einem Schmunzeln beobachtete Cathlyn ihren Grandpa und sein neues Spielzeug – ein ferngesteuerter Garagenöffner. Erst ein Seniorenhandy, dann SB-Tanken mit Kreditkarte und jetzt eine Fernsteuerung. Cathlyn musste zugeben, dass Frank Mitchell mit dem Alter immer mehr Gefallen an technischem Schnickschnack zu finden schien. Nur mit dem Internet wollte er nichts zu tun haben – Videotext reichte ihm völlig aus.

Gemeinsam betraten sie das rote Backsteinhaus, streiften sich die schneebedeckten Stiefel und Mäntel ab und durchquerten anschließend das Wohnzimmer in Richtung Küche. Innerhalb weniger Minuten waren die Einkäufe in den Schränken verstaut und die Pizzen serviert. Zufrieden ließen sich alle drei um den Tisch nieder und begannen genüsslich zu essen.

„Was steht heute noch auf dem Plan?", fragte Frank zwischen zwei Bissen Pizza und sah Ruby und Cathlyn abwartend an. Als die beiden sich kurz ansahen und gleichzeitig mit den Schultern zuckten, schlug er vor: „Wie wär's später mit einer Runde Scrabble?"

Ruby verzog das Gesicht. Sie machte keinen Hehl daraus, dass sie Gesellschaftsspiele hasste. „Aber nur, wenn nichts im Fernsehen kommt."

„Dann habe ich ja schon verloren", brummte Frank beleidigt. „Du findest immer irgendwo einen Weihnachtsfilm, der vor Romantik trieft."

Ruby lächelte ihn versöhnlich an. „Heute kommt doch dieser neue Film mit Will Ferrell", schlug sie als Kompromiss vor.

„*Buddy, der Weihnachtself?*" Frank zog fragend eine Augenbraue nach oben.

„Grandma meint sicher *Daddy's Home*, der kommt dieses Wochenende im Free-TV", mischte sich Cathlyn amüsiert ein.

„Ok, dann eben der", erwiderte Frank resigniert. „Aber nur, wenn wir davor noch eine Runde Scrabble spielen."

„Na gut, allerdings solltest du dich lieber warm anziehen, Frank, ich habe heimlich geübt … Es gibt da nämlich so eine App", antwortete Ruby mit einem koketten Zwinkern und sah ihren Mann herausfordernd an. Im Gegensatz zu Frank interessierte Ruby sich durchaus für die modernen Smartphones und kam regelmäßig auf Cathlyn zu, wenn sie Fragen hatte.

„Du und dein Handy, das ist ja schon fast eine Sucht!"

Cathlyn verfolgte noch einen Moment das Geplänkel zwischen ihren Großeltern, bevor sie sich mit ihren neuen Büchern und den Lichterketten in der Hand nach oben verabschiedete.

Sogar im Obergeschoss, wo sich genau wie in ihrer Kindheit das Schlafzimmer ihrer Großeltern, das kleine Gästezimmer und das Badezimmer befanden, hörte sie die beiden noch lachen. Dann stieg sie die Stufen zum Dachgeschoss hinauf, da sich dort mittlerweile ihr kleines Reich befand.

Als Cathlyn noch ein Kind gewesen war, hatte sie sich oft heimlich hier heraufgeschlichen und sich vorgestellt, sie sei Cinderella, denn damals war das Zimmer nicht mehr als eine kleine unbewohnte Kammer gewesen. Heute jedoch wirkte der Raum mit den beiden Dachgauben, die ihre Großeltern nachträglich hatten einbauen lassen, um einiges größer.

In der Mitte des Zimmers befand sich ein einladendes Himmelbett und entlang der Wände waren weiß lackierte Einbauschränke montiert, in denen sich Hunderte von Büchern und Stoffballen stapelten. Doch Cathlyns Lieblingsplatz war eindeutig der große Schreibtisch unter dem Dachfenster, auf dem ihre heiß geliebte Nähmaschine stand.

Sie hatte sich diese von ihrem ersten Gehalt bei Macy's gegönnt, denn bis dahin teilte sie sich mit ihrer Grandma deren antike Nähmaschine, die noch mit mechanischer Kurbel lief.

Auf dem schmucken Erbstück, das mittlerweile im Gästezimmer stand, hatte Ruby ihr alles übers Nähen beigebracht, sodass Cathlyn heute in der Lage war, auch die kompliziertesten Schnittmuster umzusetzen. Sie liebte es, mit Ruby neue Stoffe auszuwählen und eigene Entwürfe anzufertigen. Dadurch hatte sich auch der Wunsch, Modedesign zu studieren, in ihr gefestigt. Das Nähen war ein gemeinsames Hobby, auch wenn sich Rubys Arbeiten hauptsächlich auf das Kürzen von Franks Hosen beschränkten.

Cathlyn legte die Bücher auf dem Schreibtisch ab und machte sich ans Werk, die neuen Lichterketten an der Gardinenstange aufzuhängen – perfekt, und das nicht nur zur Weihnachtszeit.

Mit einem entspannenden Seufzer ließ sie sich dann rücklings aufs Bett fallen. Für einen Moment schloss sie die Augen und da war er wieder – Prinz Charming aus dem Kaufhaus, der die blauesten Augen und das

vollste Haar besaß, das sie je in Manhattan gesehen
hatte.

5

Unruhig sah sich Steven im Arbeitszimmer seines Vaters um, in das dieser ihn vor ein paar Minuten zitiert hatte. Es war selten ein gutes Zeichen, so spontan in diesen Raum gerufen zu werden. Die holzgetäfelten Wände mit den eingelassenen Bücherregalen, auf denen fast nur Erstausgaben zu finden waren, und der wuchtige Schreibtisch strahlten all das aus, was Robert Hartford verkörperte: Macht und Tradition.

„Ich dachte, ich warne dich lieber vor, ehe die anderen Gäste kommen", bemerkte Robert mit dunkler Stimme und sah seinen Sohn prüfend an. „Valerie wird heute auch dabei sein."

Schlagartig setzte sich Steven in dem tiefen Sessel auf, der gegenüber dem Schreibtisch stand. „Das ist nicht dein Ernst! Val und ich gehen schon seit Wochen getrennte Wege. Willst oder kannst du nicht verstehen, dass wir miteinander Schluss gemacht haben?"

„Du hast Schluss gemacht und das arme Mädchen einfach fallen lassen, dabei wart ihr bereits verlobt", antwortete Robert scharf.

Steven entwich ein abfälliges Schnauben. „Dad, verdreh bitte nicht die Tatsachen. Val hatte hinter meinem Rücken was laufen mit ... War es ihr Tennis- oder ihr Golflehrer? Ist ja auch egal", schleuderte er seinem Vater entgegen, doch dieser lächelte nur unbeeindruckt.

„Es war ein einziges Mal, darüber kannst du doch sicher hinwegsehen. Das kommt schließlich in den besten Familien vor", erwiderte Robert gelassen.

Steven schüttelte enttäuscht den Kopf. Seit einigen Monaten erkannte er seinen Dad kaum noch wieder. Dann sah er ihn eingehend an. „Es geht um deine Wahl zum Senator, hab ich recht?"

Robert wirkte auf einmal, als wäre ihm sichtlich unwohl, und nach einigen stillen Sekunden antwortete er: „Halte wenigstens durch, bis die Wahlen vorbei sind. Danach servier sie von mir aus ab. Im Moment kann ich mir so einen Skandal wie eine geplatzte Verlobung nicht erlauben."

Stevens Gedanken wanderten zu Valerie, die ihn in den letzten Wochen fast täglich mit Nachrichten bombardiert hatte und darin um Verzeihung bat. Bisher hatte er jede einzelne davon unbeantwortet gelassen. Ihr würde das Arrangement seines Vaters perfekt in die Karten spielen, schließlich war sie immer noch der Überzeugung, dass sie nur ein Paar mit leichten Differenzen waren.

„Und?", fragte sein Dad mit einem charmanten Lächeln, erhob sich von seinem Ledersessel und kam um den Schreibtisch herum.

Steven zögerte kurz. „Unter einer Bedingung." Er konnte kaum glauben, dass er bei diesem Unsinn mitmachte. Fest sah er seinem Dad in die Augen. „Danach lässt du mich ein für alle Mal in Ruhe. Ich habe bei deinem Politzirkus lange genug mitgespielt."

Eindeutig erleichtert klopfte Robert Hartford seinem Sohn auf die Schulter und schenkte ihm ein joviales

Lächeln. „Prima, dann ist ja alles geklärt – und gib dir wenigstens Mühe, nett zu Val zu sein."

Steven schüttelte leicht den Kopf, woraufhin die Männer wenige Augenblicke später gemeinsam das Arbeitszimmer verließen und die breite geschwungene Treppe zum Erdgeschoss hinunterliefen. Dem Geräuschpegel nach zu urteilen, waren seine Großeltern, Val und noch einige erlesene Freunde seiner Eltern zwischenzeitlich eingetroffen.

Aus dem Augenwinkel entdeckte er seine Ex-Verlobte, die mit einem Glas Champagner bei seinen Großeltern stand und sich anbiederte. So wie es aussah, hatte hier – außer seinen Eltern und seiner Schwester, denen er davon natürlich ebenfalls erzählt hatte – niemand einen blassen Schimmer, dass sie mittlerweile getrennt waren.

Steven schüttelte sich und steuerte kurz darauf mit einem Lächeln auf seine Großeltern zu. Ehe er sichs versah, hauchte Valerie ihm ein Begrüßungsküsschen auf den Mund und wich danach nicht mehr von seiner Seite. Er spielte das Spiel weiterhin lächelnd mit und ließ seinen Blick über ihr Gesicht und ihren Körper wandern. Sie hatten sich seit drei Wochen nicht mehr gesehen und sofort bemerkte er die Bräune, die entweder von einem Strandurlaub auf den Bahamas oder einem Kurztrip nach Aspen herrührte.

Ehe er weitergrübeln konnte, schloss ihn seine Grandma in eine herzliche Umarmung, die er gerne erwiderte. Als sie ihn wieder losließ, musterte sie ihn skeptisch und fragte überrascht: „Warst du nicht mit zum Skifahren in Aspen?"

Steven lächelte, zog dabei die Stirn ein wenig kraus und antwortete ehrlich: „Nein, Grandma, so kurz vor Weihnachten ist viel los in der Kanzlei und der neue Fall hält mich mächtig auf Trab.“

Er fühlte sich mies, seine Großeltern, was Val anging, so täuschen zu müssen. Deshalb wirkte sein Blick ziemlich zerknirscht und passte so perfekt zu dem Umstand, dass er seine Verlobte allein auf Reisen geschickt hatte.

„Aber, Liebling, das kann ich doch voll verstehen. Vor Weihnachten ist immer viel los“, säuselte Valerie, die plötzlich wie eine Klette an ihm hing und besitzergreifend seine Hand umfasste. Stevens Blick glitt automatisch nach unten. Wie zu erwarten, trug sie immer noch den Verlobungsring.

Unbehaglich drehte er sich von ihr weg und sah sich um. Seine Augen blieben bei Robert hängen, der ihn in den letzten Sekunden offensichtlich beobachtet hatte und ihm jetzt zufrieden zunickte. Auf was hatte er sich da nur eingelassen?

„Wir sollten langsam zu den anderen gehen“, schlug sein Grandpa in dem Moment freundlich vor und sorgte dafür, dass er sich wieder ihm und seiner Grandma widmete. „So wie es aussieht, will dein Dad vor dem Essen noch ein paar Worte sagen.“

Steven sah erneut zu seinem Dad, der sich jetzt in Pose gestellt hatte und dezent an sein Champagnerglas klopfte.

Nur widerwillig ließ er sich von Valerie zu den anderen ziehen. Viel lieber hätte er sich umgedreht, um durch die Küche zu flüchten, doch es war zu spät.

„Meine liebe Helen, wir kommen heute zusammen, um deinen Ehrentag zu feiern – happy birthday, mein Schatz. Manchmal frage ich mich, wo die Jahre geblieben sind, und vor allem, wie du es so lange mit mir ausgehalten hast." Robert schenkte seiner Frau ein liebevolles Lächeln, von dem Steven wusste, wie ernst sein Vater es meinte. Er vergötterte Helen.

Dann fuhr er mit sentimentaler Stimme fort. „Ich bin so glücklich darüber, dich an meiner Seite zu wissen – besonders jetzt, auch wenn es sicher nicht immer einfach für dich ist. Trotz allem hast du mich in meinen Plänen als Politiker immer unterstützt und mir in all den Jahren den Rücken gestärkt. Dafür werde ich dir immer dankbar sein."

Robert machte eine kleine dramatische Pause, bevor er an Steven gewandt fortfuhr: „Aber wir feiern heute nicht nur den Geburtstag meiner Frau, sondern auch die Liebe. Valerie und Steven, ihr könnt euch gar nicht vorstellen, wie glücklich ihr mich macht."

Nur mit Mühe gelang es Steven, sich seinen Unmut nicht anmerken zu lassen, und lächelte angespannt zurück. Da gab er seinem Dad den kleinen Finger und dieser musste daraus wieder eine große Show machen. Er spürte die Blicke der anwesenden Geburtstagsgäste auf sich und Valerie krallte besitzergreifend ihre Hand in seine Hüfte. Der stechende Blick, den er seinem Dad zuwarf, verfehlte jedoch seine Wirkung, denn dieser fuhr unbeirrt fort: „Ich kann euch jetzt schon versprechen, dass eure Hochzeit unvergesslich sein wird."

Valerie strahlte übers ganze Gesicht, ebenso die Gäste. Einzig die Freude seiner Mom und die seiner Schwester

Kailey hielt sich in Grenzen. Die beiden Frauen standen, was Vals Betrug anging, voll hinter ihm und man sah ihnen deutlich an, was sie von Roberts Ansage hielten. Seine Schwester schnitt eine Grimasse und fuhr sich anschließend durch das raspelkurze Haar, mit dem sie ihren Dad erst vor einer Woche geschockt hatte, der mit seiner konservativen Art das typische Frauenbild der Upperclass unterstützte. Wenigstens eine in der Familie, die sich seinen Ansprüchen widersetzte.

Ein liebevolles Lächeln schlich sich auf Stevens Lippen, denn er bewunderte Kailey insgeheim dafür, auch wenn er ihr Temperament selbst regelmäßig zu spüren bekam. Dennoch liebte er sie über alles und konnte sich keine bessere Schwester an seiner Seite vorstellen.

„Und jetzt lasst uns endlich essen!", forderte Robert die Anwesenden feierlich auf.

Steven nahm zwischen seiner Großmutter und Valerie Platz und verfolgte dann stumm, wie das Personal das Essen auftrug, während sich alle um ihn herum in Gespräche vertieften. Bis auf seine Schwester, die ungeniert nach einer der Platten griff, um sich als Erste aufzutischen.

Voller Genugtuung beobachtete Steven seinen Dad, wie dieser zunächst Kailey böse anfunkelte und dann hilflos zu seiner Frau sah. Seine Mom legte ihm jedoch nur besänftigend die Hand auf den Arm und setzte dann das Gespräch mit ihrer besten Freundin fort.

Stevens Blick fiel auf das Seidentuch – sein Geschenk –, das sie um den Hals trug und er ihr bereits vor dem Gespräch mit seinem Dad überreicht hatte. Er freute sich, dass er damit voll ins Schwarze getroffen hatte. Anscheinend stand seine Mom neuerdings auf Monogrammprints und Blautöne.

Für einen Moment lauschte er dem Gespräch der beiden Frauen. Es ging mal wieder um einen dieser heiß begehrten Bälle und die Hoffnung darauf, von dem Veranstalter eingeladen zu werden. Mit halbem Ohr zuhörend, griff er nach seinem Weinglas.

„Natürlich gibt Dana Carter wieder einen Winterball, die Einladungen müssten jeden Tag eintrudeln", antwortete seine Mom ihrer Freundin und zog so die Aufmerksamkeit auf sich. „Meiner Meinung nach ist das die beste Veranstaltung vor Weihnachten – und dann noch im Plaza."

„Und alle wichtigen Leute werden da sein", mischte sich Robert Hartford mit einem Lächeln ein. „Perfekt für einen Familienausflug."

Helen Hartford strafte ihren Mann mit einem missbilligenden Blick, dann zeigte sie ihm die kalte Schulter, indem sie sich den Gästen zu ihrer Linken zuwandte. Liebe hin oder her, die Aktion bezüglich Val nahm sie ihrem Mann sichtlich übel. Steven schüttelte lediglich unmerklich den Kopf. Sein Dad trat heute wohl in jedes Fettnäpfchen.

„Oh, der Winterball im Plaza, da gebe ich dir recht, Helen. Es ist wundervoll dort", schwärmte Stevens Grandma daraufhin. „Wir waren vor einigen Jahren dort, als Danas Mann noch lebte."

„Ein feiner Mann, dieser Henry, und wo er überall rumgekommen ist", mischte sich auch sein Grandpa ein. „Wirklich tragisch, dass er so früh gestorben ist.

Wenn mich nicht alles täuscht, hatte er kurz vor Ostern einen Schlaganfall.“

„Ja, ich erinnere mich“, erwiderte Helen nachdenklich. „Es kam sogar in den Nachrichten. Es muss furchtbar sein, einen geliebten Menschen einfach so, von einer Sekunde auf die andere und mit gerade mal sechzig Jahren, zu verlieren.“

Robert griff nach Helens Hand, ehe er antwortete: „Wem sagst du das, mein Schatz? Ich wundere mich nur, dass sie die vielen Projekte trotz allem noch alleine weiterführt – und dazu den Ball.“

„Vielleicht gerade deswegen, weil es ihr so wichtig ist“, bemerkte Steven mit einem Lächeln. „Und ihr Mann hätte sicher nicht gewollt, dass sie alles abbläst.“

Valerie kicherte nervös über Stevens Worte. Wahrscheinlich hatte sie wieder irgendeine Zweideutigkeit in das Wort „abblasen“ hineininterpretiert. Dann glitt ihre Hand unbemerkt über seinen Oberschenkel bis hin zu seinem Schritt. „Du bist immer so dramatisch“, raunte sie ihm mit heißem Atem ins Ohr.

Seine Antwort bestand jedoch nur aus einem unterdrückten Schnauben und einem missbilligenden Seitenblick, bevor er entschlossen ihre Hand von seinem Schenkel schob und seine Grandma in ein Gespräch verwickelte. Wenn er sich die nächsten Stunden an seine Granny hielt, würde er dieses grauenvolle Essen schon irgendwie überstehen.

6

„Achtung, hier kommt die nächste Ladung Pancakes.“ Mit rosigen Wangen servierte Ruby Mitchell am nächsten Montag um Punkt sechs das Frühstück, so wie sie es jeden Morgen tat, wenn Cathlyn zur Arbeit musste. Ihre Grandma bestand darauf – und es hatte auch gar keinen Sinn, sie davon abzuhalten.

„Iss dich nur satt. Bei der Kälte braucht man was Warmes im Magen“, bemerkte Ruby, als sie sich zu ihrer Enkeltochter an den Tisch setzte und sich selbst eine große Portion auftrug.

„Mmh, einen noch, dann bin ich aber fertig“, erwiderte Cathlyn zwischen zwei Bissen und schnappte sich anschließend die Flasche mit Ahornsirup, die in der Mitte des Tisches stand.

Ruby schenkte ihrer Enkeltochter ein zufriedenes Lächeln, bevor sie ihren Pancake ebenfalls sehr großzügig mit der klebrigen Flüssigkeit verfeinerte.

„Zur Weihnachtszeit kann man sich ja mal was gönnen. Auf gesunde Ernährung können wir im Januar noch genug achten, stimmt's, meine Kleine?“, bemerkte sie kurz darauf mit vollen Backen.

Cathlyn grinste breit. „Ganz genau, Grandma.“ Sie liebte es, morgens gemeinsam mit ihren Großeltern zu frühstücken, besonders jetzt, zur Weihnachtszeit, wenn das Radio einen Weihnachtssong nach dem anderen spielte und die Küche schon frühmorgens nach Punsch duftete. Außerdem war es so auch viel gemütlicher, als in der stickigen U-Bahn zwischen Fremden ein Sandwich zu verspeisen.

„Frank, bitte zieh dir doch wenigstens ein Hemd über“, maulte Ruby, als ihr Ehemann kurz darauf im Unterhemd zur Küchentür hereinkam.

„Der Ofen heizt wie verrückt bei dieser Kälte. Ich hab ihn schon gar nicht mehr unter Kontrolle“, verteidigte er sich lauthals, während er die Arme über dem Kopf zusammenschlug und sich zu den Frauen an den Tisch setzte.

Ruby sah ihren Mann verständnislos an und antwortete: „Ich verstehe ohnehin nicht, warum du so viele Scheite in den Kamin geschmissen hast. Wir verlassen doch nachher noch das Haus.“

„Keine Sorge, bis dahin ist alles abgebrannt“, erwiderte er gelassen und warf schließlich einen Blick auf Cathlyn, die gerade aufgestanden war, um ihren To-go-Becher mit Kaffee zu füllen.

„Schon satt, meine Kleine? Nimm dir doch was für unterwegs mit. Wenn ich mir das hier so ansehe, hat deine Grandma wieder für eine ganze Kompanie Pancakes gemacht.“

Cathlyn schenkte ihrem Grandpa ein liebevolles Lächeln und antwortete: „Ich bin wirklich pappsatt und der Kaffee reicht völlig aus. Außerdem muss ich heute etwas früher los.“

„Noch früher? Aber es ist doch noch stockdunkel draußen“, bemerkte Ruby nach einem kurzen Blick zum Küchenfenster.

„Wir bekommen heute Morgen noch eine große Lieferung Winterschuhe – bei dem vielen Schnee dieses Jahr kein Wunder.“

„Na, dann ist es ja gut, dass ich meine Stiefel schon habe“, erwiderte Ruby mit einem Augenzwinkern.

Cathlyn musste schmunzeln, als sie an die metallicfarbenen Moonboots dachte, die ihre Grandma erst vor Kurzem bei Target gekauft hatte.

„Grandma, du bist wirklich eine Trendsetterin. Tatsächlich bekommen wir heute ganz ähnliche Modelle rein.“

„Sag ich doch, man bezahlt nur den guten Namen und produziert wird alles in ein und derselben Fabrik“, klärte Ruby die beiden voller Überzeugung auf.

Cathlyn ließ ihren Kommentar unbeantwortet stehen, drückte ihrem Grandpa ein Abschiedsküsschen auf die Wange und verließ mit ihrer Grandma wenige Sekunden später die Küche, um sich anzuziehen.

„Ach ja, fast hätte ich's vergessen. Wir gehen in der Mittagspause Burger essen. Ihr braucht also heute Abend nicht auf mich zu warten. Ich esse dann nur eine Kleinigkeit“, bemerkte Cathlyn, während sie in ihre Jacke und die Stiefel schlüpfte.

„Ich koche so oder so“, erwiderte Ruby und reichte ihrer Enkeltochter Mütze und Schal. „Und bis zum Abend ist es noch eine Weile hin. Da hast du bestimmt wieder Hunger.“

„Ich dachte nur, ich sag es, damit ihr schon ohne mich anfangen könnt.“

„Nichts da, wir essen zusammen, so wie immer“, antwortete ihre Grandma mit resoluter Stimme und öffnete die Haustür.

„Na gut, wie du meinst. Dann sehen wir uns heute Abend. Viel Spaß euch im Seniorencenter!“

„Den werden wir haben. Bis nachher und pass auf dich auf!"

Wenige Augenblicke später war Cathlyn auch schon auf dem Weg zur Metrostation, von wo aus sie mit der Linie J direkt nach Manhattan kam. Dick eingemummelt in ihren neuen marinefarbenen Daunenmantel und in den grauen Uggs marschierte sie durch ihr Wohnviertel Woodhaven und bestaunte die festlich geschmückten Häuser der Nachbarschaft. In dieser Straße gab es fast ausschließlich Reihenhäuser, die alle im selben Stil wie das ihrer Großeltern gebaut worden waren und jetzt um die Wette strahlten. Hier und da entdeckte sie in den Vorgärten sogar riesige Ballonfiguren oder Rentierschlitten auf den Dächern.

Nach wenigen Minuten erreichte sie schließlich die U-Bahn-Station und nahm einen großen Schluck Kaffee aus dem Becher, um sich aufzuwärmen. Wie immer traf sie am Gleis einige bekannte Gesichter, die sich ebenfalls auf den Weg zur Arbeit machten.

Cathlyn wechselte einige Worte mit einer Nachbarin, die in einem großen Bürogebäude am Bryant Park arbeitete und an diesem Morgen noch ziemlich verschlafen aussah. Wenige Minuten später betraten sie gemeinsam die Subway und Cathlyn ließ sich an einem Fensterplatz nieder. Noch war der Wagon ziemlich leer, sodass sie sich auf zwei Plätzen ausbreiten konnte, aber gewohnheitsgemäß würde die Subway spätestens an der Flushing Avenue brechend voll sein.

Cathlyn öffnete ihren Daunenmantel, dann kramte sie das Buch, das sie derzeit las, aus der Tasche hervor und machte es sich auf ihrem Platz bequem. Heute war es ohnehin zu dunkel, um draußen irgendetwas zu erkennen, aber in den Sommermonaten, wenn die Sonne Manhattan früh am Morgen wachküsste, hatte sie während der Fahrt einen atemberaubenden Blick auf die Stadt, da die Gleise ein Stück weit über eine Hochbahn führten. Dies allein entschädigte Cathlyn für die lange Fahrt zur Arbeit und das frühe Aufstehen. Sie konnte sich an New Yorks Skyline mit dem dahinter aufragenden Empire State Building und dem goldenen Horizont einfach nicht sattsehen.

***

Eine Stunde später erreichte sie endlich ihr Ziel. Schnell verstaute sie das neue Weihnachtsbuch und den leeren To-go-Becher in ihrem Shopper und verließ dann die Subway-Station am Herald Square.

Als Cathlyn den Personaleingang des Kaufhauses passierte, war sie schon voller Vorfreude. Sie konnte es kaum mehr erwarten, einen ersten Blick auf die neuen Designerstücke zu werfen.

Nach wenigen Minuten erreichte sie schließlich den großen Aufenthaltsraum und strahlte über das ganze Gesicht, als sie dort auch ihre Lieblingskollegen entdeckte: Preston, Juwelier und treuer Mitarbeiter seit nunmehr dreißig Jahren, Mary aus der Kosmetikabteilung und Darlene, der Schuh- und Taschenprofi des Kaufhauses.

„Guten Morgen, was macht ihr denn schon hier?", fragte Cathlyn und sah Preston fragend an. Normalerweise waren sie nicht für die Verräumung der Waren zuständig und mussten entsprechend nicht so früh vor Ort sein.

Der adrette ältere Herr in dunkelgrauem Anzug, dicker Hornbrille und vollem Haar erhob sich vom Stuhl, lief Cathlyn mit leuchtenden Augen entgegen und beugte sich verschwörerisch zu ihr. „Heute bekomme ich eine ganz besondere Lieferung – den *Blauen Magnificent.*"

Fragend zog Cathlyn die Augenbrauen zusammen, bis Preston flüsternd fortfuhr: „Das teuerste Diamantcollier, das wir hier je hatten – schlappe 20 Millionen US-Dollar."

Ungläubig schnappte sie nach Luft und lauschte mit großen Augen seinen weiteren Ausführungen. „Das Schmuckstück ist aus Platin, besteht aus mehreren Diamantreihen, 125 einzelne Steinchen insgesamt, und in der Mitte befindet sich der *Blaue Magnificent* im Marquiseschliff von über 21 Karat."

Erst jetzt bemerkte Cathlyn, dass sie für einen Moment ehrfurchtsvoll den Atem angehalten hatte, dann erwiderte sie mit einem Lächeln: „Wow, das hört sich ja aufregend an. Da kann ich verstehen, dass du dich so freust."

„Ja. Nie hätte ich gedacht, dass ich auf meine alten Tage hier noch in so einen Genuss komme." Prestons Augen funkelten vor Begeisterung, bis er kurz blinzelte und wieder zu Cathlyn sah. „Aber zurück zu deiner Frage. Ich bin heute so früh da, weil es gleich ein Meeting mit den zusätzlichen Sicherheitsleuten gibt."

Cathlyn nickte verstehend. „Ok, das hört sich sehr vernünftig an. Ich fühle mich auch gleich besser, wenn ich dich und das Collier so gut bewacht weiß."

„Danke, mein Liebe." Preston drehte sich wieder zu den anderen beiden Kolleginnen, die noch am Tisch saßen und an ihren Kaffees nippten. „Bis später, meine anderen Lieben. Es bleibt doch dabei, dass wir heute in der Mittagspause essen gehen?"

„Aber sicher, Preston!", antwortete Darlene, während sie einen Blaubeermuffin aus ihrer Starbuckstüte zog und ihm zuzwinkerte. „Bis dann. Und ich will nachher jedes Detail über deinen Schatz wissen."

Mit dem Satz „Pssst, nicht so laut" und dem Zeigefinger auf den Lippen schlüpfte der ältere Herr kurz darauf aus der Tür.

„So, ihr zwei. Ich ziehe mich jetzt besser um. Im Lager wartet sicher schon die Lieferung von Marc Jacobs auf mich", informierte Cathlyn die beiden voller Tatendrang.

„Ui, wie aufregend heute alles ist", bemerkte Mary, die wie immer perfekt geschminkt und frisiert war, mit großen Augen. Die gelernte Kosmetikerin war in Prestons Alter, wirkte jedoch mit ihrem grauen Pixie Cut um Jahre jünger und hatte, wie Cathlyn aus sicherer Quelle wusste, eine heimliche Schwäche für den charmanten Juwelier. „Habe ich schon gesagt, dass ich das Weihnachtsgeschäft liebe?"

„An diesem Morgen bestimmt schon zehnmal", erwiderte Darlene mit vollen Backen, bevor sie sich mit der Serviette über den Mund wischte. „Oh, da fällt mir ein … Mary, du wolltest mir doch diesen neuen Mascara für extralange Wimpern auf die Seite legen, der auch ein wenig glitzert."

„Mach ich, sobald ich unten bin. Ich bringe ihn dann mit zum Mittagessen."

„Prima, du bist ein Schatz." Darlene verstaute den angebissenen Muffin wieder in der Tüte und erhob sich vom Stuhl. Anschließend zog sie die karamellfarbenen Overknees wieder zurecht, die beim Sitzen verrutscht und Teil der neuen Winterkollektion waren.

„Bis später, Mary", verabschiedete sich auch Cathlyn von ihrer Kollegin und verließ gemeinsam mit Darlene den Pausenraum.

***

Zur Mittagszeit betrat Steven einen kleinen Burgerladen in der Nähe des Madison Square Parks, nachdem er den ganzen Vormittag im Meeting mit einem neuen Klienten gewesen war, der in einem nahe gelegenen Wolkenkratzer residierte. Der Magen hing ihm mittlerweile bis zu den Knien und so war er froh, dass er – eher durch Zufall – dieses Restaurant entdeckt hatte.

Steven schnappte sich ein Tablett und reihte sich in die lange Schlange ein. Während er wartete, schweifte sein Blick durch den Raum und blieb sofort an einem voll besetzten Tisch an der Fensterfront hängen. Ein erfreutes Lächeln zeichnete sich schlagartig auf seinem Gesicht ab, als er die scheue Kundin vom vergangenen Freitag erkannte.

Steven rückte weiter in der Schlange auf – und dann begegnete ihr Blick auf einmal seinem.

Sein Herz begann wie wild zu klopfen, als sie ihn nun ebenfalls überrascht ansah. Schnell allerdings wandte sie sich wieder ihren Begleitern zu.

Hier, im hellen Tageslicht, gestattete er sich einen längeren Blick und er musste zugeben, dass sie noch bezaubernder als in seiner Erinnerung war. Heute steckte sie nicht in einem neongrünen Overall, sondern in einem schicken Strickkleid und Pumps.

Nur widerwillig löste er sich von ihrem Anblick, schließlich wollte er nicht unhöflich sein, doch wenige Sekunden später drehte er wieder den Kopf nach ihr um. Vor dem Fenster und in dem reflektierenden Licht des Schnees wirkte ihr Haar beinahe goldfarben und sogar aus dieser Entfernung konnte er die kleinen glitzernden Ohrstecker unter ihren Haarsträhnen hervorblitzen sehen.

„Der Nächste, bitte!", drang eine Stimme zu ihm durch und holte ihn in die Wirklichkeit zurück.

„Hi, einen Cheeseburger mit Bacon und Pommes, bitte", antwortete Steven automatisch, während er sich zum Tresen umdrehte und sein Blick auf den Haarreif mit dem Elchgeweih fiel, den die Frau hinter der Theke trug.

Er bezahlte, wartete nur wenige Sekunden auf sein Mittagessen und suchte sich dann ebenfalls einen Tisch an der Fensterfront, damit er näher bei der schönen Unbekannten war.

Von seinem Platz aus hatte Steven freie Sicht auf sie, ohne dabei zu aufdringlich zu wirken. Als sie kurz darauf zu ihm hinübersah, schenkte er ihr ein charmantes Lächeln, das sie prompt erwiderte. Heute würde er sie nicht entwischen lassen – so viel war sicher.

Erleichtert stellte er fest, dass sie und ihre Begleiter auch erst zu essen begonnen hatten, also hatte er noch genügend Zeit, um sich einen Plan auszudenken. Das Klingeln seines Handys riss ihn jedoch aus den Gedanken und nach einem Blick aufs Display – es war sein Dad – schaltete er es auf stumm. Er würde seinen alten Herrn später zurückrufen. Sicher ging es mal wieder nur um ein Thema: Politik.

Steven steckte sein Handy zurück in die Tasche und widmete sich endlich seinem Cheeseburger, während er sich von dem dumpfen Stimmengewirr um ihn herum einlullen ließ. Gelegentlich nahm er ein hohes Piepsen wahr, das aus der Küche hinter ihm kommen musste, oder vereinzelte Rufe, wenn ein bestimmtes Menü zur Abholung bereitlag. Die Wärme hier drinnen und die monotonen Geräusche machten ihn plötzlich sehr müde.

Gedankenverloren sah er aus dem Fenster – es hatte wieder zu schneien begonnen – und beobachtete für einen Moment die Menschenmassen auf dem Gehsteig, die sich vor den festlich dekorierten Schaufenstern tummelten. Nur wenige Meter entfernt befand sich auch das Flatiron Building, das besonders zur Weihnachtszeit ein perfektes New-York-im-Schnee-Motiv war. Steven schmunzelte. Vielleicht sollte auch er sich öfter mal die Zeit nehmen, sein New York wieder neu zu entdecken. Mittlerweile nahm er alles für selbstverständlich.

Lautes Lachen drei Tische weiter lenkte seine Aufmerksamkeit wieder auf die schöne Unbekannte, die jetzt aufstand und kurz darauf an ihm vorbeilief, um sich an der Theke anzustellen. Das war seine Chance.

Geistesgegenwärtig steckte er sich den letzten Happen in den Mund, raffte sich auf und schnappte sich schnell seine Tasche sowie das Tablett, um es abzugeben. Anschließend folgte er ihr zum Tresen.

***

„Hi, was ein Zufall, dass wir uns hier treffen."

Überrascht drehte sich Cathlyn nach der Männerstimme um – und sah direkt in ein blaues Paar Augen, das ihr Herz für einen Moment stocken ließ.

„Wir sind uns am Freitagabend bei Macy's über den Weg gelaufen", fuhr ihr Gegenüber mit einem Lächeln fort und sah Cathlyn abwartend an.

„Ja, ich erinnere mich, kurz vor Ladenschluss", erwiderte Cathlyn so ruhig wie möglich. Sie wollte nicht zu euphorisch klingen, immerhin hatte sie nicht damit gerechnet, ihn noch einmal zu treffen. Doch wie hätte sie diese blauen Augen, seine hohen Wangenknochen und das markante Kinn mit dem kleinen Grübchen auch vergessen können? Sie hatte ihn schon beim Hereinkommen erkannt und ihn, während er in der Schlange gestanden hatte, unauffällig gemustert. Er konnte kaum älter als dreißig sein.

Sie kannte diese Sorte Männer nur zu gut. Männer, die einem gewissen Establishment angehörten – Juristen, Bänker oder reiche Söhne der Oberschicht, die sich ein paar schöne Jahre in Yale machten und an den Wochenenden zum Segeln nach Nantucket fuhren. Dennoch machte er nicht den üblichen versnobten Eindruck auf sie, den die Männer der Upperclass oft ausstrahlten.

„Danke übrigens für die Inspiration. Meine Mom war von dem blauen Monogrammtuch sehr begeistert."

Überrascht sah Cathlyn auf. „Na, dann freut es mich, dass ich Ihnen helfen konnte."

Sie rückten in der Schlange weiter auf, als Steven amüsiert grinsend fragte: „Und, haben Sie den schicken Schneeanzug samt Pelzkappe gekauft?"

Für einen Moment sah Cathlyn ihn irritiert an, dann antwortete sie perplex: „Nein, ich hasse Skifahren!"

Steven lachte laut auf und musterte sie daraufhin mit einem Ausdruck in den Augen, der ihre Knie weich werden und ihr Herz schneller schlagen ließ. „Ich liebe Ihren Humor."

Etwas verlegen wandte Cathlyn den Blick ab und fragte sich, ob er sie auch so ansehen würde, wenn sie ihre „üblichen" Klamotten und kein Make-up trug. Tatsächlich putzte sie sich nur für ihren Job so heraus.

Als sich eine unangenehme Stille zwischen ihnen entwickelte, lächelte sie zögerlich, bevor sie weiter in der Reihe aufschloss. Als sie dran war, bestellte sie einen Pumpkin Spice Latte zum Mitnehmen und lief in die SB-Ecke, als sie den Becher in der Hand hielt, um sich etwas Zucker zu holen.

„Heute kommen Sie nicht so einfach davon", ertönte seine Stimme kurz darauf wieder hinter ihr. Cathlyn drehte sich um und sah direkt in sein amüsiertes Gesicht.

„Ich bin übrigens Steven", stellte er sich ihr vor. Seine linke Hand umfasste einen Kaffeebecher, während die andere lässig in die Hosentasche gesteckt war.

Kurz runzelte er die Stirn, dann sah er sie mit einem schüchternen Schmunzeln an. „Ich weiß, wir kennen uns erst ein paar Minuten, aber darf ich Sie um Ihre Nummer bitten?"

Sie verlor sich in seinen Augen und hätte ihm am liebsten ins volle Haar gefasst – warum musste Steven auch aussehen wie der Zwillingsbruder von Richard Madden?

Als sie nicht reagierte, zog er fragend eine Augenbraue in die Höhe.

„Ähm, ja, warum nicht? Mein Name ist Cathlyn", stammelte sie nervös und warf schnell einen Blick zu ihrem Tisch, an dem immer noch gegessen wurde.

„Prima", erwiderte Steven mit einem erleichterten Lächeln, stellte seinen To-go-Becher auf dem SB-Tresen ab und zog sein Handy aus der Tasche.

Nachdem er einen neuen Kontakt angelegt hatte, reichte er es ihr mit einem entschuldigenden Lächeln. „Es wird wohl besser sein, wenn Sie bei diesem Lärm Ihre Nummer selbst eintippen. Täusch ich mich oder wird es hier immer voller?"

„Mittagspause und Weihnachtszeit, da wundert mich nichts mehr", erwiderte Cathlyn mit einem Augenzwinkern, nahm das Handy entgegen und gab es ihm kurz darauf wieder zurück.

Steven schenkte ihr ein letztes strahlendes Lächeln. „Ich melde mich bei Ihnen, Cathlyn." Dann schnappte er sich seinen Becher und verließ eilig das Restaurant.

Wie auf Wolken, aber auch etwas verwirrt schwebte Cathlyn zurück zu ihrem Tisch und setzte sich wieder neben Darlene.

„Hui, wer war denn dieser Märchenprinz?" Drei Augenpaare sahen sie neugierig an.

„Ein Kunde, der Freitagabend kurz vor Ladenschluss ein Geschenk besorgt hat. Ava und ich hatten uns gerade einen Spaß mit diesem grässlichen Schneeanzug gemacht ... Und jetzt denkt er, ich wäre eine reiche Kundin und hasse Skifahren."

Mary kicherte nervös. „Ich glaube, ich wäre ohnmächtig geworden, hätte er mich in meiner Abteilung beehrt und nach einem neuen Duft gefragt – er ist eindeutig der Armani-Typ."

Preston sah die Frauen verständnislos an. „Wisst ihr denn alle nicht, wer dieser Mann ist?", mischte er sich ein. Als sie kollektiv mit dem Kopf schüttelten, riss er dramatisch die Augen auf und sagte: „Steven Hartford! Der Sohn von keinem Geringeren als Robert Hartford. Über ihn wird gerade in jeder Zeitung berichtet!"

Cathlyn dachte angestrengt nach, doch sie konnte keinen der beiden Namen zuordnen.

„Er ist der wohl einflussreichste Politiker im Staate New York und heißer Anwärter für einen Posten im Senat", beendete Preston seinen Satz.

Schlagartig rutschte Cathlyn das Herz in die Hose, als sich ihre Vermutung bestätigte. Solche Männer trafen sich nicht mit Verkäuferinnen, sondern mit reichen Töchtern, die den ganzen Tag nichts anderes machten, als schön zu sein. Solche Frauen, wie ihre Stiefschwestern Chloe und Violet es waren. Eben genau das, was sie nicht sein wollte, andernfalls hätte sie bei ihrem Dad und Cruella – ähm, Genevieve – bleiben können. Aber sie war nach Queens gezogen, um ein normales Leben zu führen, so wie ihre Mutter, bevor sie Patrick Jones kennengelernt hatte.

„Ich denke, das war's dann wohl", bemerkte Cathlyn mit einem zerknirschten Lächeln und fühlte einen kleinen Stich tief in ihrem Herzen.

Darlene sah sie verständnislos an. „Na und? Er muss doch nicht wissen, dass du arm bist. Du ziehst dich weiterhin schick an und erst, wenn er sich Hals über

Kopf in dich verliebt hat, sagst du ihm die Wahrheit“, schlug sie verschwörerisch vor.

Preston verzog kritisch das Gesicht. „Ob das die richtige Vorgehensweise ist, wage ich zu bezweifeln. Entweder er liebt sie so, wie sie ist, oder der Prinz hat Pech gehabt.“

Cathlyn schenkte Preston ein dankbares Lächeln und nahm dann einen großen Schluck von ihrem Getränk. Sofort schmeckte sie die würzige Note von Zimt auf ihrer Zunge.

Nachdenklich wandte sie den Blick ab und beobachtete, wie die dicken Schneeflocken langsam vom Himmel schwebten. Einige Augenblicke später wanderte ihr Blick zurück zu ihren Kollegen, die immer noch über die Hartfords diskutierten. Plötzlich wusste sie, was sie tun würde – und dafür musste sie nur in die Rolle der *alten* Cathlyn Jones schlüpfen.

7

Geduldig reichte Cathlyn am nächsten Nachmittag weitere Rollkragenpullis durch den Spalt einer Umkleidekabine und wartete auf die Reaktion einer rothaarigen Frau mittleren Alters, die noch ein Outfit für das Weihnachtsfest suchte. Heute hatte sie es mal wieder mit einer besonders schwierigen Kundin zu tun, die an diesem Nachmittag offensichtlich keine anderen Verpflichtungen hatte, als die Kreditkarten ihres Mannes zum Glühen zu bringen und ihr den letzten Nerv zu rauben.

Cathlyn schnitt eine Grimasse, als die Kundin hinter der Tür laut aufheulte und dann einige der Kleiderbügel samt Rollis durch den Spalt der Umkleide zurückschob. „Nein, hier ist auch nichts Passendes dabei. Ich sagte doch: ‚Etwas Besonderes'".

„Vielleicht geben Sie dem petrolfarbenen Cardigan doch eine Chance, Madam", schlug Cathlyn hoffnungsvoll vor. „Die Farbe harmoniert perfekt mit Ihrem Typ."

„Ich weiß selbst, dass ich ein Frühlingstyp bin, ein Blick in die Vogue genügt ... Aber ich will einen Rolli! Haben Sie denn nichts in Grün da?", entgegnete die Kundin ungehalten.

Cathlyn schluckte die Antwort, dass man mit diesem Hals besser keinen Rollkragenpullover tragen sollte, herunter und machte sich erneut auf die Suche. Der Kunde war schließlich König und wenn die Dame unbedingt wie Kermit der Frosch aussehen wollte, würde sie sie nicht aufhalten.

Wenige Augenblicke später kam Cathlyn mit einem grellgrünen Designerstück zurück und reichte es durch den Türspalt. Das Ding tat zwar höllisch weh in den Augen, dafür hatte es jedoch einen stattlichen Preis.

Mit angehaltenem Atem wartete Cathlyn auf eine Rückmeldung der Kundin, während sie über die Farbauswahl der neuesten Wintermode sinnierte. Wer kam nur auf solche Ideen wie Neon, Metallic oder Grün? Mittlerweile hatten sich sogar schon einige ihrer Stammkundinnen darüber beschwert.

Ein entzücktes Geräusch erklang von der anderen Seite der Kabinentür. „Oh, perfekt, den nehme ich!", sagte die Kundin erfreut, bevor sie herauskam, um den Pullover vorzuführen.

Innerlich atmete Cathlyn erleichtert auf und antwortete freundlich: „Das freut mich. Die Farbe steht Ihnen wirklich ausgezeichnet."

An Tagen wie diesen war Cathlyn froh, dass sie wenigstens ein bisschen von Rubys schauspielerischem Talent geerbt hatte, andernfalls wären ihr bei diesem Anblick die Gesichtszüge entgleist. Das giftige Grün biss sich mit den roten Locken der Dame und das gute Stück war mindestens drei Nummern zu klein.

Nachdem sich die Kundin wieder umgezogen hatte, begleitete Cathlyn sie zur Kasse. Danach machte sie sich daran, die Umkleidekabine wieder auf Vordermann zu bringen.

Routiniert faltete sie die ausgeschiedenen Pullis auf einem Tischchen und räumte sie anschließend zurück ins Regal. Daraufhin kümmerte sie sich um die Cocktailkleider, die in einem heillosen Durcheinander an der Kleiderstange hingen. Dabei hatte Cathlyn der „Verursacherin" dieses Chaos – zwischen ihren Botengängen für Mrs Kermit – noch ihre Hilfe angeboten. Im Grunde hatte sie ja nichts dagegen, wenn sich die Leute alleine umsahen, aber wenn sie, so wie jetzt, eines der kostbaren Stücke am Boden entdeckte, hörte der Spaß auf. Die Kleider waren ein halbes Vermögen wert.

Cathlyn bückte sich nach dem exquisiten Chiffonkleid, überprüfte es eingehend auf Fehler und hängte es dann, als sie keine finden konnte, zurück auf die Stange. Erfreulicherweise sah es bei den Accessoires besser aus.

Als ihr Blick auf ein blaues Tuch mit Monogrammprint fiel, zeichnete sich sofort ein Lächeln auf ihrem Gesicht ab und ihre Gedanken wanderten automatisch zu Steven, der sie gestern Abend noch angerufen hatte. Glücklicherweise war sie bereits auf ihrem Zimmer gewesen und ihre Grandma außer Hörweite.

Mit einem verträumten Lächeln erinnerte sie sich jetzt an ihr kurzes Telefonat, das sie bis ins Herz getroffen hatte. Wie konnte ein Mann gleichzeitig so gut aussehen und einer Frau alleine mit seiner Stimme weiche Knie bescheren? Bereits jetzt wurde sie nervös, wenn sie an den kommenden Samstagabend dachte, denn der verabredete Kinobesuch schrie geradezu danach, sich im Dunkeln näherzukommen.

Dennoch hatte sie beschlossen, ihn vorerst nicht aufzuklären, wer sie in Wirklichkeit war. Sie würde abwarten, wie sich ihr erstes Date entwickelte. Vielleicht war er ja doch nicht so perfekt, wie er auf den ersten Blick schien – oder zu versnobt, was viel schlimmer wäre.

Plötzlich riss Mr Hector, ihr Boss, sie aus den Gedanken. „Bitte etwas mehr Motivation, Cathlyn. Man könnte meinen, Sie verbummeln hier nur ihre Zeit, dabei wäre im Lager genug zu tun."

Cathlyn straffte die Schultern und sah zu ihrem Boss hinunter, der einen guten Kopf kleiner war als sie. „Ich habe mich in der letzten Stunde fast ausschließlich um eine einzige Kundin gekümmert – sagen wir, sie war nicht gerade entschlussfreudig – und jetzt habe ich meinen Bereich auf Vordermann gebracht."

Mr Hector zog skeptisch eine Augenbraue nach oben, dann antwortete er herablassend: „Wie dem auch sein, aber mir ist bereits vor längerer Zeit aufgefallen, dass Ihre Leistungen stark nachgelassen haben."

Cathlyn schnappte nach Luft. Die Anschuldigung ihres Chefs war nicht nur an den Haaren herbeigezogen, sondern auch schlichtweg falsch.

Mit fester Stimme antwortete sie ihm: „Ich habe mir hier in den letzten Jahren einen größeren Kundenstamm aufgebaut als sonst wer in dieser Abteilung. Außerdem helfe ich zusätzlich im Lager aus, obwohl ich es gar nicht müsste."

„Dennoch sind die Zahlen rückläufig", bemerkte ihr Boss unbeeindruckt.

Cathlyn hätte den kleinen glatzköpfigen Mann gerne auf seine eigene Produktivität hingewiesen, schließlich schien er den lieben langen Tag nur auf der Lauer nach ihr zu liegen, schluckte ihre Antwort jedoch hinunter. Sie wusste, dass sie sich auf sehr dünnem Eis befand.

Erklären, warum er ausgerechnet sie auf dem Kicker hatte, konnte sie sich allerdings nicht. Sie hatte sich nie etwas zuschulden kommen lassen, im Gegenteil. In den vergangenen Jahren hatte sie kaum gefehlt und meldete sich immer als Erste, wenn eine neue Lieferung hereinkam.

Gerade jetzt war wieder so ein Moment, der sie an ihrer Zukunft bei Macy's zweifeln ließ. Vielleicht wurde es langsam wirklich Zeit, den Job hier an den Nagel zu hängen, um endlich Modedesign zu studieren. Letztendlich war sie immer nur zu bequem gewesen, den entscheidenden Schritt zu gehen. Dabei warteten auf ihrem Arbeitstisch unzählige Schnittmuster und Entwürfe bloß darauf, dass man sie endlich in die Welt hinausschickte.

„Bei der diesjährigen Mode ist das ja auch kein Wunder", platzte es aus Cathlyn heraus. „Viele meiner Kundinnen sind älter. Sie kleiden sich schlichtweg nicht mehr in Neon."

Mr Hector sah sie entgeistert an, dann antwortete er: „Wie können Sie den Geschmack unserer Chefeinkäufer anzweifeln? Die Kleidung kommt frisch von der Fashion Week!"

Cathlyn atmete tief durch, ehe sie mit ruhiger Stimme erwiderte: „Als Dana Carter vor Kurzem hier war, hatte sie nur Glück, weil gerade eine Lieferung von Valentino reingekommen war. Es gibt eben Frauen, die bleiben ihrem Stil treu."

„Papperlapapp, dann müssen Sie eben etwas überzeugender sein. Eine gute Verkäuferin bringt alles an den Mann. Schauen Sie mich an … Dieses Hemd habe ich aus unserer Herrenabteilung – und es ist auch neonfarben."

Cathlyns Gesichtszüge standen zum zweiten Mal an diesem Tag kurz davor zu entgleisen. Sie konnte sich schon denken, welcher ihrer Kolleginnen es gelungen war, ihm dieses Stück aufzuschwatzen. Nur unter Aufbringung ihrer ganzen Willenskraft verkniff sie sich den nächsten Kommentar, dass er sich mal wieder zum Affen mache, und sah ihn so neutral wie möglich an.

Als Cathlyn nicht reagierte, trat Mr Hector unbehaglich einen Schritt zurück, bevor er sie anfunkelte. „Wie dem auch sei. Das Thema ist noch nicht vorbei", zischte er ihr leise zu und entfernte sich anschließend eilig, um den CEO zu begrüßen, der gerade die Damenabteilung betrat.

Cathlyn atmete erleichtert auf und beobachtete für einen Moment argwöhnisch, wie sich ihr Boss bei seinem Vorgesetzten anbiederte. Es war einfach lächerlich. Und mit der Verräterin aus der Herrenabteilung würde sie morgen auch noch ein Hühnchen rupfen.

Mit einem Schmunzeln auf den Lippen nahm sie ihre Arbeit wieder auf. Dann allerdings kam ihr eine Idee, wie sie gleichzeitig ihre Stammkundinnen und ihren Chef wieder glücklich machen könnte: mit einem besonderen Tisch preisreduzierter Modelle aus dem Vorjahr. Das Lager war immerhin voll von Kleidern, die immer noch sehr gefragt und zeitlose Klassiker waren. Sie war überzeugt davon, dass ihre Kundinnen diese Alternative gut annehmen würden, schließlich stand bei den meisten die Qualität im Vordergrund und nicht die aktuelle Mode. Außerdem freute sich jede Frau, wenn sie ein gutes Schnäppchen machte. Das Gespräch mit ihrem Chef diesbezüglich würde sie allerdings auf einen anderen Tag verschieben.

Cathlyn warf einen kurzen Blick auf die Uhr und ein breites Lächeln zeichnete sich auf ihrem Gesicht ab, da es bis zum Feierabend nur noch eine Stunde war. Sie fieberte schon den ganzen Tag dem Treffen mit ihrem Dad entgegen, der heute geschäftlich in der Stadt war und mit ihr essen gehen wollte. Es kam äußerst selten vor, dass sich Patrick Jones auf den Weg nach New York City machte, aber wenn er Long Island doch einmal verließ, hatte ein Dinner mit seiner einzigen Tochter höchste Priorität.

***

Zwei Stunden später saßen Vater und Tochter bei Spaghetti mit Fleischbällchen gemütlich zusammen. Es war Tradition, dass sie, immer, wenn sie sich trafen, bei *Carmine's* einkehrten – ihrem Lieblingsitaliener. Das Lokal lag nur einen Steinwurf vom Times Square und dem Broadway entfernt und war an Gemütlichkeit nicht zu überbieten.

Besonders jetzt, zur Weihnachtszeit, wirkte das Restaurant mit seinen dunklen Holzmöbeln, den blütenweißen Tischdecken und den rot gepolsterten Eckbänken besonders einladend. An den riesigen Deckenleuchtern hingen Tannenzweige und Lichterketten und an den Wänden gerahmte Schwarz-Weiß-Bilder, auf denen man einige prominente Gäste bewundern konnte, die hier ebenfalls regelmäßig einkehrten.

„Wir sollten uns viel öfter treffen, Cathlyn." Patrick Jones betrachtete seine Tochter mit einem liebevollen Ausdruck und griff nach ihrer Hand. „Du kannst dir gar nicht vorstellen, wie sehr du mir fehlst."

„Du fehlst mir auch, Dad. Aber jetzt, wo ich hier arbeite, ist es viel praktischer, dass ich in Queens wohne." Cathlyns Herz zog sich zusammen, denn sie wusste genau, dass ihr Dad immer wieder mit sich rang. Er hatte es sich bis heute nicht verziehen, dass sie so früh von zu Hause ausgezogen war, nur um Genevieve und ihren Töchtern aus dem Weg zu gehen. Er hatte die Anzeichen nicht erkannt, sondern sich nach Stellas Tod einfach in die Arbeit gestürzt.

„Trotzdem, ich hätte mehr für dich da sein müssen, statt bis spätabends zu arbeiten und dich den ganzen Tag mit Genevieve alleine zu lassen", antwortete er bedrückt. „Sie war praktisch eine Fremde für dich."

„Dafür habe ich während dieser Zeit viel Nützliches gelernt", erwiderte Cathlyn mit einem Grinsen, als sie an die Angestellten im Haus ihres Vaters dachte, die wie Familie für sie waren.

„Das stimmt allerdings", entgegnete Patrick nun ebenfalls mit einem Grinsen. „Ich kenne kein anderes Mädchen in den Hamptons, das kochen, waschen, gärtnern und den Pool reinigen kann."

Bei der Vorstellung, wie die schwerreichen Töchter sich ihre Finger schmutzig machten, musste Cathlyn lachen. Dann dachte sie an ihre Kindheit zurück. Am liebsten hatte sie ihre Zeit in der großen Wohnküche verbracht, um mit Regina zu backen. Bis heute erinnerte sie sich an die schönen Stunden mit der älteren Köchin, deren Spezialität köstliche Törtchen und Scones waren.

„Ich freue mich schon darauf, alle wiederzusehen, wenn ich nächste Woche komme“, bemerkte Cathlyn mit einem Lächeln, auch wenn sich automatisch etwas Wehmut in ihre Gedanken mischte. Tatsächlich hatte ihr Besuch auf Long Island einen traurigen Grund – den jährlichen Todestag ihrer Mom und der Besuch auf dem Friedhof.

Der Verlust ihrer Mutter tat noch immer so weh, und das, obwohl die Erinnerungen an ihre Mom in den letzten zwanzig Jahren mehr und mehr verblasst waren.

„Ich freue mich auch, meine Kleine. Regina kann es auch kaum noch erwarten“, antwortete Patrick schmunzelnd und vertrieb die nostalgischen Gedanken dadurch schnell wieder. „Sie hat bereits dein Zimmer hergerichtet.“

Für einen Augenblick unterbrachen sie ihr Gespräch, um die Bestellung für ein Dessert aufzugeben, bevor sich ihr Vater mit neugierigem Blick an sie wandte. „Möchtest du vielleicht jemanden mitbringen? Einen Freund oder so?“

Schlagartig wurde Cathlyn rot und lächelte verlegen. Sie zögerte kurz, ob sie ihrem Dad bereits davon erzählen sollte, fasste dann aber Mut. „Ich habe tatsächlich jemanden kennengelernt. Aber es ist noch ganz frisch, wir hatten noch nicht mal ein Date.“

Cathlyn konnte ihm ansehen, dass seine Neugierde geweckt war. Es kam eher selten vor, dass seine Tochter sich mit Männern traf.

„Und wer ist der Glückliche, der gerade dabei ist, das Herz meiner Kleinen zu erobern?" Liebevoll sah Patrick seine Tochter an.

„Er heißt Steven und wir haben uns im Kaufhaus kennengelernt." Cathlyn spielte gedankenverloren mit ihrem Weinglas, während sie nachdenklich das Gesicht verzog. „Nur von diesem Kino, in das er gehen will, habe ich noch nie etwas gehört. Es liegt in der Upper West Side und soll ziemlich alt sein."

Schlagartig hellte sich Patricks Gesicht auf. „Das kann nur das *James'* sein. Deine Mom und ich waren vor vielen Jahren einmal dort." Mit sentimentaler Stimme fuhr er fort: „Ein Glück, dass es nicht abgerissen wurde. Vor zwei Jahren hätte man beinahe die komplette Straße plattgemacht."

„Wirklich? Warum das denn?", fragte Cathlyn interessiert und nickte dem Kellner freundlich zu, der gerade das Dessert – Cannoli mit Schokoladencreme – servierte.

„Duncan Casey, ein bekannter Bauunternehmer, wollte dort ein weiteres Bürogebäude aufstellen." Patrick schmunzelte kurz. „Aber dann kam alles anders – sein Sohn verliebte sich Hals über Kopf in Kelly James, die Kinobesitzerin."

„Wow, das nenn ich mal ein Happy End", erwiderte Cathlyn überrascht. Das wahre Leben schrieb also doch die schönsten Liebesgeschichten. „Jetzt kann ich es selbst kaum noch erwarten, das Kino mit eigenen Augen zu sehen."

Patrick griff nach der Gabel und nahm einen Bissen vom Dessert, bevor er seine Tochter eingehend ansah.

„Dieser Steven kann sich sehr glücklich schätzen – ich hoffe, er weiß das."

Cathlyn verzog den Mund zu einem verlegenen Lächeln und schnappte sich ebenfalls ihre Gabel, um von ihrem Dessert zu kosten. „Mmh, köstlich, wie immer. Ich bin wirklich froh, dass wir so kurzfristig noch einen Tisch bekommen haben."

„Das stimmt, jetzt, vor Weihnachten, ist hier noch mehr los." Patrick sah sich interessiert um, ehe er kurz innehielt, als wäre ihm eine Idee gekommen. „Vielleicht können wir das nächste Mal ins Musical gehen? Bei der vielen Reklame draußen bekomme ich richtig Lust darauf."

„Klar, warum nicht? Vielleicht wollen Grandma und Grandpa ja auch mitkommen. Seit sie im Seniorencenter diese Theaterkurse besuchen, sind sie ganz vernarrt in neue Shows", bemerkte Cathlyn schmunzelnd.

„Aber sicher. Es ist schön, dass die beiden noch neue Sachen ausprobieren und so aktiv sind. Das hält sie sicher jung." Patrick schien für einen Moment in Gedanken zu sein, dann fuhr er mit sentimentaler Stimme fort: „Ich erinnere mich noch genau an mein erstes Aufeinandertreffen mit deinem Grandpa ... Ich dachte, er würde mir jeden Moment den Kopf abreißen."

„Du meinst, als du Mom zu eurem ersten Date abgeholt hast?", fragte Cathlyn neugierig. Sie liebte es, Geschichten über ihre Mom und ihn zu hören.

„Tatsächlich sind wir uns schon kurz davor begegnet", antwortete Patrick verlegen.

„Wirklich? Das wusste ich nicht." Interessiert setzte sich Cathlyn auf. „Wo denn?"

„Als ich ihm am Queensboulevard die Vorfahrt nahm", Patrick lachte laut, „und er mich anschließend einen verdammten Schnösel schimpfte."

„Das hört sich ganz nach Grandpa an … Aber es ist doch nichts passiert, oder?", fragte Cathlyn amüsiert nach.

„Nein, der schnellen Reaktion deines Großvaters sei Dank! Sonst hätte mich auch mein Dad einen Kopf kürzer gemacht. Für diesen Nachmittag hatte ich mir nämlich extra die rote Corvette Stingray von ihm geliehen, um bei deiner Mom Eindruck zu schinden."

Cathlyn hielt sich prustend die Hand vor den Mund. „Ich wette, Grandpa ist aus allen Wolken gefallen, als du später vor seiner Tür standest!"

„Es hat ihm die Sprache verschlagen – und das schafft man bei ihm sonst nicht so leicht", bemerkte Patrick mit einem Grinsen.

„O ja, das stimmt allerdings. Und wie hat Mom letztendlich auf deinen heißen Schlitten reagiert?", fragte Cathlyn mit einem liebevollen Lächeln.

Ein sentimentaler Ausdruck huschte über Patricks Gesicht, schließlich antwortete er: „Sie war völlig unbeeindruckt."

Cathlyn lachte unter Tränen. „Typisch Mom. Sie hat sich nie etwas aus Geld gemacht."

„Deshalb musste ich mich ja auch umso mehr anstrengen", bemerkte Patrick liebevoll. „Besonders als ihr klar wurde, wer meine Eltern sind."

„Richtig so." Cathlyn zwinkerte frech. „Oder dachtest du, ein schnittiges Cabrio reicht dazu aus?"

Ein entschuldigendes Lächeln huschte über Patricks Gesicht, als er amüsiert zugab: „Na ja, bei den Mädchen auf dem College schon.“

Cathlyn schenkte ihrem Dad einen vielsagenden Blick, ehe sie hinzufügte: „Aber du hattest trotzdem nur Augen für Mom, stimmt's?“

Patrick nickte nachdenklich und antwortete schließlich: „Sie war etwas ganz Besonderes und ich bin bis heute unendlich dankbar, dass wir wenigstens diesen kurzen Weg miteinander gehen durften.“

Cathlyn griff nach Patricks Hand und sah ihn unsicher an. Nach scheinbar unendlichen Sekunden fragte sie mit bebender Stimme: „Dad, stimmt es, dass ich Mom wie aus dem Gesicht geschnitten bin?“

Für einen Moment starrte er seine Tochter einfach nur an, dann antwortete er mit Tränen in den Augen: „Du könntest deiner Mutter nicht ähnlicher sein, mein Engel.“

8

„Dass es ausgerechnet heute so schneien muss." Frank Mitchell stieß einen leisen Fluch aus und parkte den Wagen vor dem Eingang des Seniorencenters in Queens, wo an diesem Freitagnachmittag die alljährliche Weihnachtsfeier stattfand. Cathlyn hatte sich extra freigenommen, um ihre Großeltern zu begleiten. Wie jedes Jahr gab es auch heute ein volles Programm, an dem die beiden mitwirkten, und das wollte sie sich auf keinen Fall entgehen lassen. Die Senioren bildeten eine eingeschworene Gemeinschaft, die vielseitige Interessen pflegte. Ruby und Frank traf man jedoch am häufigsten im Buchclub oder der Theatergruppe an.

Dick eingemummelt luden sie jetzt den großen Korb mit den Gebäckdosen aus dem Kofferraum und steuerten, dem wilden Schneetreiben zum Trotz, auf den festlich dekorierten Eingang zu. Noch bevor sie die Tür erreichten, wurde diese schwungvoll von innen geöffnet und Cathlyn entdeckte die beiden Männer, die ganz offensichtlich das Empfangskomitee bildeten.

„Ho, ho, ho, herein in die gute Stube", johlte der Kleinere von beiden, der in einem besonders hässlichen Weihnachtspulli steckte, welcher ihm etwas unvorteilhaft um den Bauch spannte.

„Ho, ho, ho, Oscar", erwiderte Ruby die Begrüßung übermütig. „Schickes Teil hast du da, genau denselben habe ich letzte Woche bei Walmart gesehen."

„Genau von dort habe ich ihn auch!“ Oscar drehte sich einmal um die eigene Achse, dann drückte er auf einen versteckten Knopf unter dem Pulli, der die kleinen LED-Lämpchen darauf zum Blinken brachte.

Erst jetzt, nachdem Cathlyn einen zweiten Blick auf das gute Stück riskiert hatte, bemerkte sie den Weihnachtsmann, der übermütig auf einem Elch ritt. Außerdem waren an dem Pulli zwei kleine Taschen angebracht, in denen jeweils eine Dose Bier steckte.

„Na das nenn ich mal Hightech, den brauch ich auch. Dann hab ich auch meinen Kaffee überall mit dabei!“

Frank warf seiner Frau einen skeptischen Blick zu, bevor er den Korb mit den Gebäckdosen am Boden abstellte, und begrüßte den zweiten Herren, der im Gegensatz zu Oscar fein herausgeputzt war.

„Hi, William, alter Kumpel. Lange nicht mehr gesehen. Ich hoffe, es geht dir gut?“

„Danke, mir geht's bestens. Vor allem jetzt, da ich meinen Barbershop in guten Händen weiß. Ich habe endlich einen würdigen Nachfolger gefunden“, erwiderte er mit einem zufriedenen Lächeln.

„Das freut mich! Wird ja auch Zeit, dass du endlich mal aufhörst. Siehst du überhaupt noch, was du da abschneidest?“, scherzte Frank und klopfte William freundschaftlich auf die Schulter.

„Ich schneide blind, mein Freund. Das soll mir erst mal einer nachmachen“, bemerkte er lachend und sah anschließend fragend zu Cathlyn hinüber.

„Oh, und Sie sind sicher die hübsche Enkeltochter, von der ich schon so viel gehört habe.“ Er schenkte ihr ein charmantes Lächeln, dann fuhr er mit einem

Zwinkern fort: „Wäre ich fünfzig Jahre jünger, müssten Sie sich vor mir in Acht nehmen, junge Lady.“

Cathlyn erwiderte Williams Lächeln, bevor sie ebenfalls mit einem Zwinkern antwortete: „Da bin ich mir ganz sicher, Mister.“

„Er hat sie damals alle gehabt“, mischte sich Ruby lauthals ein. „In seinem Salon, meine ich. Newman, Sinatra, sogar Brando.“

Ein sentimentales Strahlen breitete sich auf Williams Gesicht aus und er klärte Cathlyn auf: „Mein Laden war damals ziemlich gefragt. Jeder wollte diesen neuen Schnitt, wenn er in New York City war.“

„Wow, das muss sicher aufregend gewesen sein“, erwiderte Cathlyn beeindruckt.

„Ja, das war es – ganz sicher.“

Für einen Moment standen die Fünf noch zusammen, ehe sich Frank wieder den Korb schnappte, den er zuvor am Boden abgestellt hatte. „Lasst uns besser reingehen, damit ich das Ding hier endlich loswerde.“

Mit den Worten „Bis gleich, ihr zwei, wir sehen uns spätestens beim Programm“ verabschiedeten sich Ruby, Cathlyn und Frank von den Männern und liefen kurz darauf den Flur hinunter.

Der Duft von Punsch und Tannennadeln lag in der Luft. Als Cathlyn mit ihren Großeltern den Festsaal betrat, sah sie sich beeindruckt um. „Wow, das nenne ich mal Deko. Eins muss man euch Senioren lassen, ihr wisst, wie man Feste feiert.“

„Was denkst du, was wir in den letzten Wochen gemacht haben, als wir im Seniorencenter waren?“, erwiderte Ruby mit unverkennbarem Stolz. „Die Männer haben die gesamte Kulisse aus Spanplatten herausgesägt und wir Frauen anschließend alles angemalt. Das war eine Arbeit, sag ich dir."

Cathlyn betrachtete fasziniert das mannshohe Lebkuchenhaus neben der Bühne und den verschneiten Tannenwald, der in liebevoller Handarbeit entstanden war.

„Unglaublich, besonders die kleinen Details." Sie kam aus dem Staunen nicht mehr heraus. „Sind das da etwa echte Zuckerstangen und Pfefferkuchen an den Wänden?", fragte sie mit großen Augen.

„Psst, nicht so laut, sonst sind die noch vor der ersten Pause weg", zischte Ruby ihrer Enkeltochter zu. „Wir hatten schon während der Produktion einen hohen Schwund ... Und ich bin mir ziemlich sicher, dass es Traudi da hinten war."

Cathlyn warf einen schnellen Blick zu einer winzigen Frau mit lila gefärbter Dauerwelle, die sich mithilfe eines Rollators fortbewegte, ehe sie ihre Grandma skeptisch ansah. „Bist du dir sicher?"

„Na ja, Beweise habe ich natürlich nicht, aber sie ist verrückt nach Süßem!"

Plötzlich weckte ein alter Klassiker, der aus den Lautsprecherboxen erklang, Cathlyns Aufmerksamkeit. „Oh, Bing Crosby!"

Ihr Blick wanderte zur Bühne, wo ein Freund ihres Großvaters als Diskjockey fungierte und gerade hoch konzentriert eine beachtliche Sammlung an Schallplatten durchsah. Als dieser nun aufschaute, winkte er Cathlyn und Ruby freudig zu, dann bemerkte er Frank, der zwischenzeitlich zu ihm auf die Bühne gekommen war.

„Lass uns rüber zum Buffet gehen. Wie ich sehe, hat Frank den Korb dort bereits abgestellt", schlug Ruby nach einem Gruß zurück vor.

„Ich bin schon gespannt, wie unsere Kekse ankommen", murmelte Cathlyn, während sie Ruby zur langen Tafel folgte.

„Unsere Kekse werden das heutige Highlight sein", erwiderte Ruby voller Stolz, die sich die erste Gebäckdose schnappte und diese öffnete. „Ich weiß ja nicht, von wem du die Geduld hast – von mir jedenfalls nicht –, aber mit diesen Eiskristallplätzchen hast du dich selbst übertroffen. Sie sehen zauberhaft aus."

Dennoch kniff Ruby kurz skeptisch die Augen zusammen. „Obwohl ich mir nicht so sicher bin, ob unsere Zähne diesen Verzierungen standhalten – aber zumindest Dr. Brown wird sich über zusätzliche Aufträge freuen."

Cathlyns Blick fiel auf eines der Plätzchen, die nicht nur die Form eines Eiskristalls hatten, sondern auch mit Eiweißguss und silbernen Zuckerperlen verziert worden waren. Sie hatte die filigranen Ausstecher zufällig auf dem Weihnachtsmarkt am Bryant Park entdeckt und sofort gekauft.

Sie liebte es einfach zu backen. Schon als Kind hatte sie Regina, der Haushälterin ihres Vaters, immer beim Plätzchenausstechen und -verzieren geholfen. Sie erinnerte sich wehmütig an diese Zeit zurück, als die heimelige Küche auf dem Anwesen ihres Vaters noch köstliche Düfte verströmt hatte und das riesige Haus in Festtagsstimmung getaucht gewesen war.

„Ich finde sie auch toll, sie haben etwas Märchenhaftes an sich", schwärmte Cathlyn.

Ruby schenkte ihrer Enkeltochter ein warmes Lächeln und wandte sich kurz darauf freudestrahlend einer Frau zu, die gerade mit ihrem Mann und einer großen Salatschüssel den Saal betrat.

„Wie schön, dass ihr schon da seid! Der Schnee da draußen ist furchtbar. Jacob konnte kaum etwas sehen", begrüßte die kleinere Frau ihre Großmutter aufgeregt und schlug dabei die Hände über dem Kopf zusammen.

„Hallo, Mizzie!", antwortete Ruby und schloss ihre Freundin herzlich in die Arme. „Wem sagst du das? Ein Chaos, und das ausgerechnet heute, wo wir doch lange feiern wollen."

„Wie recht du hast!" Mizzie erwiderte die Geste und wandte sich dann fragend um. „Und diese junge Frau ist bestimmt deine Enkeltochter. Cathlyn, richtig?"

„Ganz genau. Endlich lernt ihr euch persönlich kennen."

Cathlyn reichte Mizzie und Jacob die Hand und nach ein wenig Small Talk machten sie sich schließlich gemeinsam auf die Suche nach einem geeigneten Sitzplatz, der einen freien Blick auf die Bühne zuließ. In der Nähe des Lebkuchenhauses wurden sie fündig.

„So langsam füllt sich der Saal", bemerkte Ruby einige Minuten später nach einem zufriedenen Rundumblick und lehnte sich auf ihrem Stuhl zurück. „Und meine Nervosität steigt jetzt auch – hoffentlich verpasst dein Grandpa nachher seinen Einsatz nicht!"

Cathlyn schaute zu ihrem Grandpa hinüber, der sich angeregt mit Jacob unterhielt, und erwiderte voller Zuversicht: „Keine Sorge, ich bin mir sicher, dass er das packt. Ihr habt doch schließlich lange genug geübt."

Der Song „Jingle Bell Rock", der plötzlich lautstark durch die Boxen erklang, unterbrach das Gespräch und lenkte die Aufmerksamkeit der Frauen nach vorne. Wenige Augenblicke später eröffnete der Vorsitzende des Vereins den diesjährigen Seniorenball. Amüsiert verfolgte Cathlyn das darauffolgende Programm, das sich aus Sketchen, Tänzen oder Karaokeeinlagen zusammensetzte und sehr unterhaltsam war.

Eine halbe Stunde später war es schließlich an der Zeit für Rubys und Franks Auftritt, weswegen ihre Großeltern einige Minuten zuvor aus dem Saal geschlichen waren. Jetzt lauschte Cathlyn neugierig der Ansage, denn auch sie wusste nicht, was die beiden einstudiert hatten.

Als Ruby und Frank plötzlich die kleine Bühne betraten, johlte das Publikum laut auf und fast gleichzeitig setzte der Song „You're the one that I want" von Grease ein. Ihre Grandma wackelte wie auf Kommando keck mit der Hüfte und man sah ihr förmlich an, wie glücklich sie in diesem Moment war. Automatisch bildete sich ein breites Grinsen auf Cathlyns Lippen. Dieser Auftritt war typisch Ruby und herrlich unkonventionell.

Ihr Blick fiel auf die schwarzen Leggins, die ihre Grandma vor Kurzem beim Einkaufen ergattert hatte, und auf die blond gelockte Perücke, die Ruby um Jahre jünger machte. Dann trat ihr Grandpa nach vorne. Dieser hatte sich in seine beste Jeans gezwängt und trug dazu eines seiner weißen Unterhemden. Zusätzlich hatte Frank eine Art schwarze Gummitolle auf dem Kopf, die zum Schießen aussah.

Als die beiden nun loslegten, waren die anderen Senioren nicht mehr aufzuhalten. Der Saal kochte und einer nach dem anderen – je nach körperlicher Verfassung – sprang auf, um mitzutanzen.

Cathlyn erhob sich ebenfalls und das Glücksgefühl, das sich in ihrem Körper ausbreitete, war unbeschreiblich. Voller Zuneigung betrachtete sie ihre Großeltern, die sich nach all den Jahren immer noch verliebt ansahen und sich nach ihrem Auftritt vor aller Augen küssten.

***

Zur selben Zeit schnappte sich Steven auf der gegenüberliegenden Seite des East Rivers in der 95. Etage eines festlich dekorierten Bankettsaals einen weiteren Shrimpcocktail, ehe er gedankenverloren ans Fenster trat, um einen Blick hinauszuwerfen. Es hatte schon wieder zu schneien angefangen und von hier oben wirkte die Stadt wie erstarrt. Der East River war teilweise zugefroren und nur mit Mühe konnte Steven die Weihnachtsbeleuchtung erkennen, die sich tief unten zwischen den Häuserschluchten gitterartig durch die Straßen zog.

Er sah wieder auf und sein Blick schweifte weit in die Ferne, wo sich Queens unter einer Schneedecke versteckte. Wie gerne hätte er heute seinen Smoking gegen eine bequeme Hose getauscht, um sich das Heimspiel der New York Rangers im Madison Square Garden anzuschauen. Doch sein Dad hatte ihm einen Strich durch die Rechnung gemacht und ihn regelrecht bekniet, hier und heute zu erscheinen. Wenigstens hatte er auf eine Einladung Valeries verzichtet.

Steven wandte sich wieder zum Saal und erkannte viele bekannte Politiker, Geschäftsleute und Journalisten, die schon seit so vielen Jahren zu seinem Leben gehörten. Schließlich stand sein Dad gerne im Mittelpunkt, auch wenn dies oft zu Lasten der Privatsphäre ging.

Deshalb war Stevens Wahl, was den Ort für sein Date mit Cathlyn anging, auch auf das kleine Kino in der Upper West Side gefallen. Dort oben war es ruhig, das Kino hatte eine begrenzte Platzzahl und die Wahrscheinlichkeit, auf jemand Bekannten zu treffen, war verschwindend gering. Im Anschluss würde er sie noch in die Pizzeria ausführen, die genau gegenüber dem Kino lag. Umso weniger sie in der Gegend herumspazierten, desto besser. Es wäre ein Skandal, würde man ihn mit einer anderen außer seiner „Verlobten" erwischen.

Wieder stieß ihm die Abmachung, die er mit seinem Dad getroffen hatte, bitter auf ... Aber er musste nur noch wenige Wochen durchhalten, dann wäre diese Scharade mit Val ein für alle Mal vorbei.

Als Kailey auf ihn zukam, verzog Steven amüsiert das Gesicht. Ein Wunder, dass sein Dad sie überhaupt mitgenommen hatte, wo ihre raspelkurzen Haare und Ohrringe doch so gar nicht zu Robert Hartfords Weltbild passten. Dennoch war es ihr heute Abend irgendwie gelungen, „ganz passabel" auszusehen, wie sein Dad zuvor im Originalton bemerkt hatte, und das kam schon beinahe einem Ritterschlag gleich.

„Na, amüsierst du dich auch prächtig?", fragte Steven, als er sich den letzten Shrimp in den Mund schob und das leere Gläschen auf einem Tablett abstellte.

„Haha, sehr witzig. Das fragt genau der Richtige ... Und die Shrimpcocktails scheinen dir ja mächtig zu schmecken", bemerkte Kailey nach einem angewiderten Blick auf das Gläschen. „Ich krieg schon das Kotzen, wenn ich die Dinger nur ansehe. Außerdem sind sie spätestens seit den Achtzigern out."

Steven lachte amüsiert auf. „Da könntest du recht haben ... Übrigens, dieses schwarze Kleid von Mom steht dir sehr gut. Wie praktisch, dass ihr dieselbe Größe habt und sie dir aushelfen konnte", foppte Steven seine Schwester im liebevollen Tonfall.

„Na ja, im Gegensatz zu dir werde ich zumindest nicht prostituiert", konterte Kailey und zog eine Augenbraue nach oben. Dann fragte sie versöhnlich: „Wie willst du die Sache mit Val eigentlich beenden, wenn die Wahlen endlich vorbei sind?"

Steven zögerte einen Moment, bis er seiner Schwester antwortete: „Im Grunde ist unsere Beziehung schon längst beendet. Sie hat mich betrogen, da gibt es keine weitere Diskussion."

„Na, wenn du dich da mal nicht täuschst, Bruderherz." Kailey trat näher ans Fenster und fragte leise: „Gibt es denn eine andere Frau in deinem Leben oder hast du den Damen endgültig abgeschworen?"

Überrascht wandte sich Steven seiner Schwester zu, bevor ihn sein schiefes Grinsen verriet.

Auf Kaileys Gesicht breitete sich ein strahlendes Lächeln aus, dann erwiderte sie im Flüsterton: „Lass dich bloß nicht erwischen, Dad flippt sonst aus."

Stevens Gedanken wanderten zu Cathlyn und wie immer, wenn er in den vergangenen Tagen an sie gedacht hatte, sah er sie in diesem neongrünen Ski-overall vor sich – ein übermütiges Lachen im Gesicht.

„Da scheint es einen aber mächtig erwischt zu haben", bemerkte Kailey, als ihr Bruder immer noch nicht antwortete. „Kenne ich sie?"

Steven sah sich kurz um, ob sie ungestört waren, und klärte seine Schwester mit einem Schmunzeln auf. „Nein, wir haben uns vor einer Woche erst bei Macy's kennengelernt. Im Grunde weiß ich rein gar nichts über sie – nur, dass sie Skifahren hasst."

„Dann mag ich sie jetzt schon!"

Steven schenkte seiner Schwester ein warmes Lächeln und nickte anschließend mit dem Kopf zur Bühne. „Die Show geht gleich los, Dad hat gerade die Bühne betreten."

„O nein und jetzt schaut er auch noch her", bemerkte Kailey im Jammerton. „Wenn er uns gleich auf die Bühne ruft, dann …"

Seine Schwester konnte ihren Satz nicht beenden, denn plötzlich waren alle Blicke auf sie gerichtet, als ihr Vater genau das tat. Steven atmete hörbar aus. Sein Dad konnte es einfach nicht lassen!

Mit einem aufgesetzten Lächeln machten sich die Geschwister auf den Weg zur Bühne und wenige Augenblicke später erwiderte Steven die einstudierte Umarmung seines Vaters.

Während er daraufhin auf der Bühne stand und der überzeugenden Rede seines Vaters lauschte, fiel ihm wieder einmal auf, mit welcher Leichtigkeit es seinem Dad gelang, Menschen in seinen Bann zu ziehen. Dabei wirkte Robert Hartford so selbstsicher und souverän, als hätte er nie etwas anderes gemacht. Dazu das charmante Lächeln und das gute Aussehen trotz grauer Schläfen. Steven musste zugeben, dass sich sein alter Herr mit seinen sechzig Jahren gut gehalten hatte. Ein Pluspunkt, der ihm mit Sicherheit einige weibliche Wählerstimmen zuspielen könnte.

Steven hatte im Grunde nichts gegen die Senatskandidatur seines Vaters – im Gegenteil, er war der Meinung, dass sein Dad in Washington einen guten Job machen würde. Er war clever, setzte sich für andere ein und hatte das Herz am rechten Fleck. Wenn da nicht dieses „Aber" wäre. Es fiel ihm nämlich zusehends schwerer, diesen Mann mit jenem in Verbindung zu bringen, den er schon seit Kindesbeinen an kannte. Nicht nur, dass sein Dad in letzter Zeit kaum mehr über etwas anderes sprach, nein, er zog die gesamte Familie in seine Wahl hinein.

Kurz fragte er sich, ob sein Dad überhaupt noch einen anderen Lebensinhalt hatte, als auf Stimmenfang zu gehen. Er konnte sich nicht erinnern, wann sie zuletzt einfach nur zum Spaß etwas unternommen hatten. Wenn er ehrlich war, vermisste er die unbeschwerte Zeit von damals und er war sich ziemlich sicher, dass es seiner Mom und Kailey genauso ging. Obwohl ihm durchaus klar war, dass er mit seinen dreißig Jahren mittlerweile ein eigenes Leben führte, wünschte er sich dennoch etwas väterliche Aufmerksamkeit – und wenn es nur eine Runde auf dem Golfplatz war.

Begeisterter Applaus riss ihn aus seinen Gedanken, der ihn registrieren ließ, dass sein Dad kurz vor dem Ende angelangt war. Den Beweis dafür lieferten wie immer die Dankesbekundungen, die an seine Familie gingen. Daraufhin verließen die Hartfords die Bühne und mischten sich unter die Gäste, die sich um die Stehtische im Bankettsaal verteilt hatten.

Als sie sich einige Zeit später am Buffet stärkten, griff seine Schwester das Thema von vorhin wieder auf. „Wer hatte eigentlich die Idee mit den Krabbencocktails?"

Robert wirkte für einen kurzen Moment irritiert, dann fragte er: „Stimmt was nicht damit?"

Kaileys Mundwinkel zuckten amüsiert, bevor sie antwortete: „Ähm, ja, das Jahrtausend, Dad. Man fühlt sich wie auf 'ner Wahlparty für Reagan." Nach einem Blick aufs Buffet fuhr sie fort: „Diese Cracker mit Frischkäsedip gehen mal gar nicht. Wo habt ihr nur diesen Caterer aufgetrieben?"

„Ein Freund aus dem Golfclub hat ihn mir empfohlen", erwiderte Robert vorsichtig und warf seiner Frau einen hilflosen Blick zu.

Helen sah ihren Mann mit einem Schmunzeln an. „Du meinst doch wohl nicht Archibald den Dritten?"

Stevens Mund verzog sich zu einem amüsierten Grinsen. Auch er kannte den alten Schotten, der sich gerne mit seinen alten Abzeichen rühmte.

„O Mann, Dad", entfuhr es seiner Schwester prustend. „Der kam doch schon mit der Mayflower rüber!"

Helen, Kailey und Steven kringelten sich vor Lachen, dann fiel auch Robert nach einem kurzen Schockmoment lauthals in ihr Lachen ein. Steven konnte kaum glauben, dass die einstudierte Maskerade seines Dads für einen seltenen Moment in sich zusammenfiel, was ihn sogleich Hoffnung schöpfen ließ. Auch die zahlreichen Reporter kamen nun näher,

um einen völlig losgelösten Robert Hartford vor die
Linse zu bekommen.

9

Ein wenig nervös erreichte Steven am nächsten Abend als Erster die schmale Straße, in der sich das nostalgische Kino sowie die kleine Trattoria befanden. Er staunte nicht schlecht, als er hier noch weitere Geschäfte entdeckte. Sein Blick fiel auf eine meterlange Lichterkette, die sich zwischen den Gebäuden hin und her hangelte und die den Schnee, der nur notdürftig auf die Seite geräumt worden war, zum Glitzern brachte.

Als er weiterging, registrierte er die Tannenkränze, die an den rustikalen Laternen angebracht und mit großen roten Schleifen dekoriert waren. Schlagartig fühlte er sich in eine andere Welt versetzt, diese kleine Straße wirkte wie aus einer längst vergangenen Zeit. Die Gebäude hatten nicht mehr als zwei Stockwerke und waren liebevoll herausgeputzt. Bildete er es sich nur ein oder lag es am vielen Schnee, dass der Lärm der Stadt jetzt nur noch gedämpft an sein Ohr drang?

Langsam setzte er seinen Weg fort und spürte den festen Schnee, der unter seinen Schuhen knirschte. Vor einem antiquierten Barbershop, der bereits geschlossen hatte, blieb er stehen. Der Laden sah von außen winzig aus und maß kaum mehr als zwanzig Quadratmeter. Die schwarzen Sprossenfenster, die die goldene Aufschrift *Barbershop NY98* trugen, reichten bis zum Boden und waren voller Eiskristalle. Neugierig trat er näher.

Sein Blick fiel auf den schwarz-weiß gefliesten Boden im Schachbrettmuster. Er wirkte abgetreten und matt. Auch die Stühle hatten ihre besten Tage offensichtlich hinter sich. Die verchromten Stellen waren bereits leicht rostig und die Sitzflächen zum Teil abgewetzt – von dem Spiegel ganz zu schweigen. Durch den Alterungsprozess hatten sich im Laufe der Zeit hässliche kleine schwarze Pünktchen unter dem Glas gebildet.

Fasziniert trat Steven wieder zurück, als ihm klar wurde, dass dieser Laden eine Rarität war und nicht mit Absicht auf alt getrimmt worden war.

Mit einem Schmunzeln drehte er sich um, genau in dem Moment, als Cathlyn in die 98. Straße einbog. Schlagartig zeichnete sich ein breites Lächeln auf seinem Gesicht ab und sein Herz schlug vor Aufregung schneller, während er sie für einen kurzen Moment beobachtete. Bisher hatte sie ihn noch nicht gesehen. So wie er musste auch sie die Besonderheit dieser Straße erkannt haben, denn plötzlich blieb sie stehen und sah sich bewundernd um. Es schien beinahe so, als wollte sie diesen Moment für immer festhalten – dann entdeckte sie ihn und lächelte ebenfalls.

Steven ging ihr entgegen, während er sie weiterhin unverwandt ansah. Heute trug sie kein Kleid, sondern eine Jeans und darüber einen dicken Daunenmantel. Ihre Füße steckten in kuscheligen Lammfellboots und auf dem Kopf hatte sie eine Wollmütze, die sie jetzt abnahm.

„Hallo, Cathlyn. Ich hoffe, Sie haben gut hergefunden?", begrüßte Steven sie freundlich und blieb verlegen vor ihr stehen.

„Dank Google Maps ist das heutzutage kein Problem", erklärte sie mit einem Grinsen und sah sich noch einmal bewundernd um. „Es ist wunderschön hier. Wie sind Sie nur auf dieses Juwel gestoßen?"

„Durch Zufall, diese Straße kam vor zwei Jahren zu unfreiwilliger Berühmtheit", erwiderte Steven schmunzelnd. „Ich wollte mir diese Ecke schon so lange einmal anschauen."

„Ja, ich habe davon gehört", antwortete Cathlyn. „Ein Glück, dass man den Abriss noch rechtzeitig verhindern konnte."

Als eine kurze Pause entstand, fragte Steven: „Sollen wir?", und nickte mit dem Kopf in Richtung Kino, das von außen ebenfalls wie ein Relikt aus längst vergangenen Tagen aussah.

„Sehr gerne." Cathlyn schenkte ihm ein warmes Lächeln.

Steven warf einen Blick auf das Kino, ehe sie sich in Bewegung setzten. Die Türrahmen waren verchromt und blitzblank poliert. Man konnte sie so schon von der gegenüberliegenden Straßenseite aus deutlich sehen. Über dem Eingang blinkte ein kirschfarbenes Leuchtschild mit der Aufschrift *James Cinema since 1965* einladend.

Als sie vor dem Gebäude ankamen, konnte er hinter der Scheibe bereits einen türkisfarbenen Verkaufstresen gefüllt mit Süßigkeiten und Knabbereien erkennen.

Ganz der Gentleman öffnete er Cathlyn die Türe und sie betraten das Foyer.

„Wow, es ist so schön hier", schwärmte sie, als sie sich drinnen umsah und sich in die Schlange vor der Kasse einreihte. Gerahmte Filmplakate schmückten die Wände und verliehen diesem einen nostalgischen Flair.

Ein zufriedenes, aber auch erleichtertes Lächeln stahl sich auf Stevens Lippen, weil es seiner Begleitung so gut gefiel. Er war sich nicht sicher gewesen, was sie hier erwartete, schließlich hatte er dieses Kino, das sehr versteckt lag, aus sehr eigennützigen Gründen ausgewählt – nämlich um nicht entdeckt zu werden. Als er sich nun ebenfalls umsah, bestätigte sich sein Plan: Das Kino war sehr überschaubar und wohl äußerst beliebt bei Touristen – perfekt, um unerkannt zu bleiben.

„Ich hoffe, Sie haben nichts dagegen, dass hier nur Klassiker in 2D gespielt werden?", fragte Steven mit einem charmanten Lächeln, während er sich von seinem Wollmantel befreite.

„Ich bin kein Fan von 3D", erwiderte Cathlyn, wobei sie ihn kurz anlächelte und sich nun ebenfalls den Mantel auszog. „Puh, ganz schön warm hier drinnen."

Stevens Blick fiel automatisch auf ihren grau-weiß gepunkteten Cardigan, der gleichermaßen kuschelig und edel wirkte. Der taillierte Schnitt schmiegte sich perfekt an ihren Körper und die Knopfreihe mit den kleinen Perlmuttknöpfen lenkte seinen Blick hinauf zu dem kleinen Diamantanhänger, der in ihrer Halskuhle funkelte.

Steven wandte schnell den Blick ab, schließlich wollte er sie nicht unhöflich anstarren, und zeigte auf den Plakataufsteller, der sich gleich neben der Kasse befand. „Heute läuft ‚Das Wunder von Manhattan'. Den Film habe ich seit einer Ewigkeit nicht mehr gesehen."

„Einer meiner Lieblingsfilme", erwiderte Cathlyn sichtlich erfreut und fuhr mit einem Schmunzeln fort: „Und der Kaufhaus-Santa aus dem Film sieht genauso aus wie der von Macy's."

Steven schenkte Cathlyn ein amüsiertes Lächeln. Es gefiel ihm, dass sie sich auch als Erwachsene ihre kindliche Freude erhalten hatte. Valerie hätte über die Schneemassen vor dem Kino nur die Nase gerümpft und Santa schief angeschaut.

Einen Augenblick später erreichten sie schließlich die Kasse, bestellten neben den Eintrittskarten noch duftendes Popcorn und frisch zubereitete Milchshakes, dann betraten sie endlich den Kinosaal.

***

Als sie ihre Plätze suchten, sah Cathlyn sich mit einem seligen Lächeln auf den Lippen erneut in dem gemütlichen Saal um, der von kleinen Vintagelampen entlang der Wände in ein stimmungsvolles Licht gehüllt wurde. Die Atmosphäre des Raums war einfach unbeschreiblich und die Tatsache, dass sie nun knapp zwei Stunden direkt neben Steven verbringen würde, ließ ihr Herz höherschlagen. Es war perfekt. Romantisch, authentisch und intim. Sie konnte sich nicht erinnern, dass sie einen Kinobesuch je so genossen hätte.

Kurz nachdem sie Platz genommen hatten, fing der Film bereits an. Sie warf Steven ein kurzes Lächeln zu, das er erwiderte und welches im Grübchen ins Gesicht zauberte. Dann schmiegte sie sich in den tiefen, bequemen Sessel mit den breiten Armlehnen und verfolgte das Geschehen auf der Leinwand.

Durch die Dunkelheit wurde sie sich Stevens Nähe allerdings nur allzu bewusst und ihre Haut begann, vor Anspannung zu kribbeln, sodass sie nach einiger Zeit einen weiteren verstohlenen Seitenblick auf Steven riskierte. Dieser Mann sah sogar im Profil umwerfend aus und ließ ihr Herz schlagartig schneller schlagen, wenn sie ihn nur ansah.

Als ihre Augen an seinen Lippen hängen blieben, schluckte sie schwer. Sie sahen weich und einladend aus und sie fragte sich automatisch, wie es wäre, ihn zu küssen.

Ihr Blick wanderte zu seinen gut definierten Oberschenkeln, auf denen er die rot-weiß gestreifte Popcorntüte abgestellt hatte, und anschließend zu seinem muskulösen Unterarm. Steven hatte die Ärmel seines Pullovers gleich zu Beginn der Vorstellung hochgeschoben – womöglich, weil es im Kino sehr warm war. Jetzt ruhte sein Arm lässig auf der Lehne zwischen ihnen.

Kurz ertappte sie sich bei dem Gedanken, ihn zu berühren, dann schüttelte sie über ihre Phantasien schmunzelnd den Kopf und konzentrierte sich wieder auf den Film. Dennoch konnte sie das aufregende Kribbeln in ihrer Magengegend nicht unterdrücken. Stevens Nähe und die Hitze, die von ihm ausging, lagen förmlich in der Luft, dazu sein Parfum, das leicht nach Apfel und Zimt duftete.

Leider war der Film viel zu schnell vorbei, doch als sie das kleine Kino zwei Stunden später verließen und die Trattoria betraten, schwebte Cathlyn immer noch auf Wolke sieben.

Sie nahmen an einem kleinen Tischchen an der Fensterfront Platz und schauten beinahe gleichzeitig hinaus, als ein Schneegestöber hinter der Scheibe die Flocken wild durcheinanderwirbelte. Dieser Anblick hatte etwas Magisches und erinnerte Cathlyn an eine Schneekugel, die kräftig durchgeschüttelt wurde. Die Lichterkette zwischen den Gebäuden baumelte aufgewühlt hin und her und gab dem Ganzen einen geheimnisvollen Touch.

Ein Mann mit schwarzem Schnauzbart, der jetzt an den Tisch herantrat, lenkte ihre Aufmerksamkeit schließlich wieder ins Innere des Lokals.

„Guten Abend und herzlich willkommen im *Marco's*", begrüßte er seine Gäste mit einem strahlenden Lächeln und legte zwei Speisekarten auf der rot-weiß karierten Tischdecke ab. „Was darf ich Ihnen zu trinken bringen?"

Cathlyn und Steven bestellten eine Flasche Mineralwasser und den Rotwein, den ihnen der Mann, der sich als Chef des Restaurants herausstellte, höchstpersönlich empfahl, ehe sie einen Blick in die Speisekarte warfen.

„Und, haben Sie schon etwas gefunden?", fragte Steven wenige Minuten später freundlich nach und sah Cathlyn mit einem Lächeln an, das ihr Herz einen Satz machen ließ.

„Ich denke, ich nehme die Pizza. Der Duft ist einfach unwiderstehlich." Ihr Blick fiel auf den gemauerten Steinofen, der in der offenen Küche einen zentralen Platz einnahm und sehr rustikal wirkte.

Stevens schaute nun ebenfalls zur Küche. „Sie haben mich überzeugt, die schmeckt bestimmt köstlich."

Kurze Zeit später bekamen sie ihre Getränke und bestellten die Pizza, dann sah Steven sie neugierig an. „Was machen Sie eigentlich sonst so, wenn Sie nicht gerade Skioveralls bei Macy's anprobieren?"

Cathlyn, die gerade einen Schluck Wein getrunken hatte, atmete tief durch, dann antwortete sie ihm: „Ich studiere Modedesign an der *Academy of Fashion and Design.*"

Diese Notlüge vor Steven auszusprechen, fiel ihr schwerer, als sie dachte, aber sie wollte ihn noch nicht aufklären, wer sie wirklich war. Die wenigsten Menschen verstanden, warum sie ihr privilegiertes Leben aufgegeben hatte, um als Verkäuferin zu arbeiten.

„Oh, so etwas in der Art hatte ich mir schon gedacht", erwiderte Steven. „Ich meine, dass Sie was mit Mode machen."

„Ist das so offensichtlich?", fragte Cathlyn neugierig nach und schluckte die Gewissensbisse, dass sie Steven angelogen hatte, herunter.

„Eigentlich schon. Sie haben dieses Gefühl für Mode und einen interessanten Stil, der Ihnen übrigens ausgezeichnet steht", bemerkte Steven mit einem charmanten Lächeln, das ihr bis ins Mark ging.

„Vielen Dank." Cathlyn dankte im Stillen ihren drei Kollegen, die sie für das heutige Date ausgestattet hatten. „Lassen Sie mich raten, Sie sind bestimmt Geschäftsmann oder Anwalt."

„Ertappt, ich bin Anwalt", erwiderte Steven mit einem Lachen. „Was hat mich verraten, der langweilige Anzug oder meine Aktentasche?"

„Ich würde sagen, beides." Cathlyn grinste amüsiert und sah überrascht auf, als ihnen kurz darauf zwei riesige Pizzen serviert wurden.

„Einen guten Appetit, lassen Sie es sich schmecken", sagte der Wirt gut gelaunt und verließ den Tisch wieder.

„Wirklich ein Traum", bemerkte Steven nach einem Bissen und sah Cathlyn nachdenklich an, bevor er mit leiser Stimme hinzufügte: „Genauso wie Sie."

Cathlyn verzog den Mund zu einem schiefen Lächeln, während sich ein wohliges Kribbeln in ihrem Körper ausbreitete. Etwas verlegen sagte sie: „Danke, das Kompliment kann ich nur zurückgeben. Der Abend war wundervoll, erst das nostalgische Kino und jetzt das Essen ..."

„Dann habe ich ja alles richtig gemacht", antwortete Steven und bedachte sie mit einem seltsamen Ausdruck in den blauen Augen, der ihr das Gefühl gab, die begehrenswerteste Frau auf der Welt zu sein, und ihr Herz schmelzen ließ.

Cathlyn registrierte wieder diese unglaubliche Ähnlichkeit mit ihrem Lieblingsschauspieler und plötzlich wurde ihr klar, dass sie auf dem besten Weg war, sich zu verlieben.

10

Gedankenverloren warf Steven einen Blick aus dem Fenster des Meetingraums und fixierte die glänzende Spitze des Chrysler Buildings, die nur wenige Hundert Meter vor ihm aufragte. Er liebte dieses Gebäude im Art-déco-Stil, besonders die pyramidenförmige Turmkrone und die Verzierungen an der Fassade selbst, die Adlerköpfen und Wasserspeiern nachempfunden waren.

Sogleich musste er an Spiderman und dessen Kampf mit dem Grünen Kobold auf dem schlossähnlichen Dach des nahe gelegenen Windsor Towers denken.

Steven schüttelte über seine abschweifenden Gedanken amüsiert den Kopf, dann wandte er sich wieder der dicken Akte zu, die vor ihm auf dem Tisch lag. Nach vier Stunden in dem stickigen Besprechungsraum fiel es ihm zunehmend schwerer, sich auf seinen neuesten Fall zu konzentrieren, weshalb er erneut einen Schluck seines Kaffees nahm. Er war sehr zuversichtlich, was diesen Fall anging, denn sie hatten genügend Material zusammengetragen, um die Verbraucherschutzklage eines sehr fantasievollen Achtzigjährigen abzuwenden. Wenn es nicht um 13 Millionen US-Dollar gegangen wäre, hätte sich Steven über die Geschichte sogar vor Lachen gekringelt. Der alte Herr, der die Klage veranlasst hatte, war kein Unbekannter und wurde in seinem Einfallsreichtum immer kreativer – dieses Mal ging es um zu kurze Sandwiches.

Doch die Anzeige hatte seinem Mandanten nicht nur schlaflose Nächte eingebracht, sondern auch willkommene Publicity, denn viele Kunden machten sich jetzt einen Spaß daraus, ihre Sandwiches mit dem Meterstab nachzumessen und das Ergebnis auf den sozialen Medien zu teilen.

„Ich würde sagen, wir beenden unser Meeting für heute. Es ist schon Mittagszeit", riss ihn sein Mandant plötzlich nach einem schnellen Blick auf die Uhr aus den Gedanken und erhob sich von seinem Platz.

„Sehr gerne. Den Rest erledige ich heute Nachmittag im Büro", erwiderte Steven freundlich, während er seine Unterlagen zusammenpackte. Ein jüngerer Kollege, der ihn heute zu diesem Termin begleitet hatte, verstaute seinerseits die dicken Ordner voller Schriftstücke in einem silberfarbenen Trolley und sah danach abwartend zu Steven.

Sein Mandant, der mittlerweile die Tür erreicht hatte, drehte sich ein letztes Mal um, lächelte und nickte bestätigend. „Prima, Mr Hartford. Wir sehen uns dann nächste Woche vor Gericht."

Steven verabschiedete sich mit einigen netten Worten, schließlich schnappte er sich seine Aktentasche und wandte sich mit einem erleichterten Lächeln an seinen Kollegen. „Puh, geschafft. Ich dachte schon, wir kommen hier heute gar nicht mehr raus!"

Der junge Anwaltsgehilfe verzog amüsiert das Gesicht und erwiderte: „Und ich dachte, es ging nur mir so."

Gemeinsam machten sie sich auf den Weg zum Aufzug, der sie innerhalb weniger Sekunden nach unten brachte.

„Ich mach noch einen schnellen Abstecher zu Macy's, bevor ich zurück ins Büro komme", informierte Steven seinen Kollegen, sobald sie im Foyer ankamen und den Ausgang erreichten, der direkt auf die 42. Straße führte.

„Alles klar, Steven." Ein Grinsen schlich sich auf das Gesicht seines Kollegen. „Ich gönn mir jetzt erst einmal ein leckeres Sandwich, bevor ich zurückfahre." Mit dem Kopf nickte er zu einer Subway-Filiale, die sich genau auf der gegenüberliegenden Straßenseite am Grand Central Terminal befand, dann fügte er mit einem Augenzwinkern hinzu: „Mein Lineal habe ich dabei ... Mal sehen, ob sich die Konkurrenz auch an die dreißig Zentimeter hält."

„Da wette ich drauf!", erwiderte Steven mit einem Lachen, während er sich seinen Mantel zuknöpfte und den Schal umband. „Ich muss mir jetzt erst mal die Füße vertreten. Wir sehen uns später im Büro!"

Mit den Worten „Bis dann und kauf nicht zu viel" verabschiedete sich sein Kollege und verschwand kurz darauf in der riesigen Bahnhofshalle.

Steven machte sich ebenfalls auf den Weg und erreichte nach einem viertelstündigen Fußmarsch schließlich das Kaufhaus am Herald Square, wo er sich nach einem neuen Hemd umschauen wollte. Seine Mom hatte zwischenzeitlich die heiß ersehnte Einladung von Dana Carter bekommen und ihn rechtzeitig daran erinnert, sich um die passende Garderobe zu kümmern.

Doch anstelle der Rolltreppe, die hinauf in die Herrenabteilung im ersten Stock führte, nahm er die ins Untergeschoss. Plötzlich brannte es ihm in den

Fingern, diesem Santa, der dem aus dem Film so ähnlich sein sollte, einen Besuch abzustatten.

Er konnte sich fern erinnern, dass er als Kind einmal für ein Foto hier gewesen war – jedoch mit mäßigem Erfolg. Die Ernüchterung war direkt am Weihnachtsmorgen mit dem Fehlen der heißersehnten Carrera-Bahn gefolgt.

Kurz musste Steven über diese längst vergessene Erinnerung schmunzeln, ehe er endlich das Christmas Village erreichte, dessen Anblick ihn sofort überwältigte. Amüsiert fiel sein Blick auf die lange Schlange aufgeregter Kinder, die sich erst durch einen verzauberten Wald mit künstlichem Schnee durchschlagen mussten, um zum Fotopoint mit Santa zu gelangen. Am Wegesrand standen als Elfen verkleidete Mitarbeiter und mechanisch gesteuerte Figuren, die sich drehten und winkten.

Als er fasziniert weiterging, bemerkte er den Nordpol-Express und einen mit Geschenken voll beladenen Schlitten. Direkt daneben wachten ein riesiger Spielzeugsoldat und der Lebkuchenmann über den Bereich. Es war unverkennbar, mit wie viel Liebe zum Detail hier alles aufgebaut worden war, von den unzähligen Arbeitsstunden ganz zu schweigen.

Steven lief um einen glitzernden Hügel herum, begleitet von fröhlicher Weihnachtsmusik und vorbei an quengelnden Kleinkindern mit ihren Eltern und Nannys, bis es ihm schließlich gelang, einen Blick auf den berühmt-berüchtigten Santa zu werfen. Die Verantwortlichen konnten sich für diesen perfekt gecasteten Mann nur auf die Schulter klopfen. Außer

Hosen und einem roten Mantel bedurfte es keiner weiteren Ausstattung, damit er authentisch wirkte.

Der ältere Mann mit schneeweißem Rauschebart und Nickelbrille winkte in diesem Moment das nächste Kind zu sich heran und Steven verfolgte, wie er kurze Zeit später eine lange Wunschliste entgegennahm, die er interessiert studierte. Leider konnte er nicht verstehen, was Santa dem aufgeregten Kind antwortete, denn der Geräuschpegel aus Stimmengewirr, Wutausbrüchen und der Stimme von Alvin, dem Streifenhörnchen, das sich im „Chipmunk Song" einen neuen Hula-Hoop wünschte, machte dies unmöglich.

Die Mutter des kleinen Mädchens zückte blitzschnell ihr Smartphone, um den besonderen Moment für immer festzuhalten.

Mit einem Lächeln wandte er sich schließlich ab. Er konnte bestens verstehen, warum Cathlyn gestern so geschwärmt hatte.

Auch jetzt noch wurde ihm ganz warm ums Herz, wenn er an sie dachte. Er hatte sich bisher noch nie so schnell für eine Frau begeistert und konnte es kaum erwarten, sie wiederzusehen. Ob er das erste Date überhaupt noch toppen konnte?

Cathlyn war einfach perfekt – nicht nur äußerlich, sondern auch von ihrer Art. Selten hatte er mit einer Frau so gelacht – außer mit seiner Schwester – und ihr Humor war wirklich außergewöhnlich. Doch die ehrliche Freude, die sie über die banalsten Dinge zu empfinden schien, gefiel ihm am allermeisten. In den letzten Jahren hatte er seinen Freundinnen Schmuck, Parfums oder teure Broadwaykarten gekauft – offenbar nicht genug, denn keine von ihnen hatte dabei so glücklich gewirkt wie Cathlyn an jenem Abend.

Als Steven schließlich die Rolltreppe erreichte und in den ersten Stock hinauffuhr, wanderten seine Gedanken zum Winterball. Wie gerne würde er diesen Abend mit Cathlyn verbringen. Sie würde das Plaza sicher lieben – und nebenbei noch für einen klitzekleinen Skandal sorgen.

***

Geistesgegenwärtig versteckte sich Cathlyn hinter einer bunt geschmückten Tanne neben der Rolltreppe und hielt mit wild klopfendem Herzen die Luft an. Sie kam gerade von Mary zurück und wollte nach dem kleinen Abstecher in die Kosmetikabteilung im Erdgeschoss wieder nach oben fahren. Dann allerdings hatte sie Steven entdeckt, der in aller Ruhe das Winterwonderland betrachtete.

Vorsichtig spähte sie erneut hinter der Kunsttanne hervor und beobachtete, wie er die nächste Rolltreppe nahm, die in den ersten Stock zur Männerabteilung führte. Sie würde wohl noch einen Moment hier ausharren oder einen anderen Weg finden müssen.

Entschlossen drehte sie sich um, durchquerte die Schmuckabteilung und steuerte die historische Fahrtreppe aus Holz an, die im hinteren Teil des Gebäudes lag und seit 1902 zuverlässig ihren Dienst tat.

Wenige Minuten später erreichte sie unerkannt die Damenabteilung im zweiten Stock, wo sie sich schnell zwischen den Klamotten verkroch. Es wäre schließlich nicht das erste Mal, dass Steven einen Abstecher in die Damenabteilung machte.

„Cathlyn, verstecken Sie sich etwa hinter einem Kleiderständer?", erklang es eine halbe Stunde später amüsiert hinter ihrem Rücken.

Überrascht drehte sich Cathlyn nach Dana Carter um und atmete erleichtert auf.

„Ähm, na ja, ehrlich gesagt ... ja", antwortete Cathlyn ertappt und sah ihre Stammkundin zerknirscht an. Ein Glück war es nicht ihr Boss, der sie hinter der Kleiderstange entdeckt hatte. „Es gibt da einen Kunden, der mich nicht sehen soll", klärte sie Dana weiter auf.

„Oh, dann hoffe ich, dass ich Sie nicht verraten habe", erwiderte Dana und sah sich kurz um. „Ich bin eigentlich nur gekommen, um Ihnen die Einladung für den Winterball zu bringen." Sie zog einen edlen Briefumschlag aus ihrer schicken Handtasche und überreichte ihn Cathlyn mit einem warmherzigen Lächeln.

Sichtlich überrascht nahm sie den Umschlag entgegen, der im Licht der Kaufhausbeleuchtung leicht schimmerte und mit ihrem Namen versehen war. „Vielen Dank, Mrs Carter, ich fühle mich sehr geehrt." Verlegen drehte Cathlyn den Umschlag zwischen den Fingern, während sie an die Reichen und Schönen dachte, die Mitglieder der Oberschicht. Familien mit Stammbäumen, die sich bis zur Mayflower zurückverfolgen ließen. „Ich denke allerdings, dass diese Veranstaltung eine Nummer zu groß für mich ist."

„Aber, Cathlyn, stellen Sie Ihr Licht doch nicht selbst unter einen Scheffel." Dana schien das Zögern in Cathlyns Gesicht erkannt zu haben, weshalb sie jetzt mit geheimnisvoller Stimme sagte: „Ich erinnere mich, dass Sie schon als kleines Mädchen davon träumten, einmal im *Grand Ballroom* des Plaza zu feiern.“

Cathlyn warf ihrer Stammkundin einen überraschten Blick zu. Diesen Traum hatte sie vor Monaten lediglich beiläufig erwähnt.

Mit einem selbstzufriedenen Lächeln fuhr Dana fort: „Und jetzt, zur Weihnachtszeit, ist es dort natürlich noch viel schöner.“

Cathlyns Gedanken wanderten zum Ballsaal mit seinen weißen Säulen und Torbögen, den mit Stuck verzierten Decken und den goldenen Kronleuchtern, die den Raum festlich ausleuchteten. So sah es zumindest auf den Bildern aus, die sie aus dem Fernsehen oder dem Internet kannte. Sechsarmige Kerzenleuchter, opulente Blumenarrangements und feines Silberbesteck auf weißen Damast-Tischdecken schmückten die runden Tische, an denen jeweils zehn Personen Platz fanden.

Mit den Worten „Und, Cathlyn, was meinen Sie?“ sah Dana sie fragend an und holte sie somit aus ihren Träumereien zurück.

Cathlyn schenkte Dana daraufhin ein strahlendes Lächeln, bevor sie mit glänzenden Augen antwortete: „Ehrlich gesagt ist es mir nach diesem Kopfkino, das Sie gerade in mir ausgelöst haben, unmöglich, Ihnen abzusagen. Ich kann es kaum noch erwarten, Mrs Carter.“

Dana legte Cathlyn freundschaftlich die Hand auf den Arm und erwiderte mit einem ebenfalls strahlenden Lächeln: „Ausgezeichnet, das freut mich wirklich sehr, Cathlyn! Und jetzt verraten Sie mir endlich, vor wem Sie so auf der Hut sind.“

Als Dana Carter eine halbe Stunde später die Damenabteilung verließ, wusste sie nicht nur über Cathlyns Prinz Charming bestens Bescheid, sondern auch über deren Pläne, was den Aktionstisch anging.

Mit Danas positiver Rückmeldung im Rücken wollte sich Cathlyn noch heute an ihren Vorgesetzten wenden und mit ihm die Details besprechen – auch wenn ihr klar war, dass es nicht einfach werden würde. Letztendlich jedoch konnte ihr Arbeitgeber nur davon profitieren, schließlich lag es auch in seinem Interesse, die Stammkundschaft zu erhalten. Und solange die Einkäufer weiterhin den Trends folgten und nicht den klassischen Geschmack ihrer Stammkundinnen bedienten, war dies wohl die einzige Möglichkeit, die ihnen im Moment blieb.

Cathlyn sah sich kurz prüfend um, dann nutzte sie den ruhigen Moment, um sich Danas Einladung genauer anzusehen. Sie konnte einfach nicht mehr bis zum Abend warten, weshalb sie vorsichtig das perlmuttfarbene Kuvert öffnete.

Mit angehaltenem Atem zog sie die edle Karte heraus, die mit silberner, eleganter Schrift bedruckt worden war. Filigrane Eiskristalle verzierten den Rand und über dem Wort „Einladung" war eine kleine Krone eingeprägt.

Als Cathlyn mit glänzenden Augen die Zeilen überflog, breitete sich ein unbeschreibliches Gefühl der Vorfreude in ihr aus. Endlich würde sich ihr größter Herzenswunsch erfüllen!

Der Henry Carter Foundation ist es eine Ehre, Sie zum jährlichen Winterball einzuladen, der unter dem Motto „Fairy Tale" stattfinden wird.
Beginn und Ort der Festivitäten: Samstag, der 17. Dezember um 19 Uhr im großen Ballsaal des Plaza Hotels.
Um märchenhafte Garderobe wird gebeten.

Mit freudiger Erwartung
Dana Carter

11

Als Cathlyn am späten Freitagnachmittag nach knapp zwei Stunden Fahrt das schwere Eisentor zum Anwesen ihres Vaters passierte, überkam sie wie immer, wenn sie in den Hamptons war, ein beklemmendes Gefühl.

Sie hatte dieses Haus, in dem sie aufgewachsen war, einmal sehr geliebt, doch mittlerweile erinnerte nicht mehr viel an die unbeschwerte Zeit von damals. Deshalb war es ihr als Teenager auch nicht besonders schwer gefallen, die Insel entlang der Atlantikküste zu verlassen. Außerdem wurden die meisten Anwesen hier in der Gegend ohnehin nur als Feriendomizile in den Sommermonaten genutzt und standen den Rest des Jahres leer.

Cathlyn umrundete den Wendekreis, der um einen vereisten Springbrunnen führte, und parkte ihren Wagen vor dem imposanten grauen Steinhaus. Wenigstens hatte sich draußen kaum etwas geändert.

Eine drei Meter hohe Ligusterhecke, die im Sommer rund um die Uhr bewässert werden musste, jetzt aber schneebedeckt war, schirmte das Grundstück vor neugierigen Blicken ab. Außerdem hatte ihre Stiefmutter – so wie es aussah – auch den Brunnen von ihren Verschönerungsmaßnahmen verschont. Es hätte Cathlyn das Herz gebrochen, wenn Genevieve die märchenhaften Figuren – darunter auch der Froschkönig – gegen irgendwelche modernen Skulpturen ausgetauscht hätte.

Nach einem Blick auf den Brunnen mit seiner schmiedeeisernen Krone vermisste sie ihre Mutter auf einmal schmerzlich. Im Sommer hatten sie regelmäßig kleine Picknicks dort veranstaltet, während ihre Mutter ihr die unterschiedlichsten Märchen vorgelesen hatte und sie sich Reginas Snacks hatten schmecken lassen. Sie wusste, wie sehr ihre Mom diesen kitschigen Brunnen geliebt hatte.

Cathlyn betrachtete die Figuren noch einen Moment mit einem sentimentalen Ausdruck auf dem Gesicht, bevor sie den Blick von dem einzig verbliebenen Erinnerungsstück abwandte.

Plötzlich wurde die Haustür aufgerissen und das Empfangskomitee von *Jones Manor* eilte ihr aufgeregt entgegen. Da waren ihr Dad, die Köchin Regina, Miles der Butler und Mason, der rund ums Haus eingesetzt wurde.

Schnell sprang Cathlyn aus dem Auto und fiel ihrem Dad in die Arme. Es machte sie unsagbar glücklich, ihn und vor allem ihre alten Gefährten wiederzusehen.

„Hallo, mein Liebling, ich hoffe, du hattest eine angenehme Fahrt“, begrüßte Patrick sie liebevoll. Wie er dort in der Tür gestanden hatte, hochgewachsen, mit feiner Kleidung und Schnurrbart, passte er perfekt in das Bild des Anwesens.

„Ja, Dad, auf den Straßen war kaum etwas los und die Zeit verging wie im Flug. Ich habe während der Fahrt ein neues Hörbuch angehört und mir Grandmas Früchtepunsch schmecken lassen.“

Patrick lachte auf ihre Worte hin leicht, was Cathlyn, noch immer an seine Brust gedrückt, ebenfalls erbeben ließ. „Das freut mich und danke für den Tipp. Vielleicht sollte ich das bei meiner nächsten Fahrt in die City auch einmal ausprobieren.“

Cathlyn löste sich aus seiner Umarmung und wandte sich dann mit einem strahlenden Lächeln an Regina. Der alten Köchin des Hauses stand die Wiedersehensfreude förmlich ins Gesicht geschrieben. „Lass dich ansehen, meine Liebe. Du wirst von Mal zu Mal hübscher!“

„Hallo, Regina. Ich habe dich so vermisst.“ Tränen stiegen Cathlyn in die Augen, als sie ihre langjährige Verbündete fest drückte.

„Ich dich auch. Du kannst dir gar nicht vorstellen, wie sehr ich mich freue.“

Die beiden anderen Männer – Miles und Mason – schenkten Cathlyn ein warmes Lächeln und machten sich anschließend auf zum Auto, um ihr Gepäck auszuladen.

Daraufhin bemerkte Patrick mit einem Blick in den Himmel und einem herzlichen Lachen: „Wir sollten uns besser auch auf den Weg nach drinnen machen, bevor wir noch zu Eissäulen erstarren.“

Gemeinsam betraten sie das Haus und erst jetzt fiel Cathlyn auf, dass von ihrer Stiefmutter jede Spur fehlte. Nicht, dass es sie gestört hätte, dennoch sprach sie ihren Dad darauf an.

„Ist Genevieve unterwegs? Ich sehe sie nirgends.“ Cathlyn zog nachdenklich die Stirn kraus, während sie sich in der großen Eingangshalle, die verdächtig still war, umsah.

„Genevieve ist auf ihrem Zimmer. Sie fühlt sich heute nicht wohl“, erwiderte Patrick mit einem zerknirschten Ausdruck. „Deine Stiefmutter bedauert es sehr, dass sie dich nicht persönlich begrüßen kann ... Aber bis zum Dinner geht es ihr bestimmt wieder besser."

Cathlyn entging nicht, wie Regina missmutig das Gesicht verzog und Miles und Mason einen schnellen Blick wechselten, bevor sie das Gepäck nach oben brachten.

„Kein Problem, Dad. Wenn es ihr nicht gut geht, ist es wohl besser, wenn sie sich ausruht", erwiderte Cathlyn in heiterem Tonfall, auch wenn sie nicht daran glaubte, dass Genevieve irgendetwas bedauerte. Doch diplomatisch, wie ihr Vater nun mal war, würde er seine Frau nie schlechtreden.

„Lass uns nach oben gehen", forderte Regina Cathlyn in dem Moment auf und lenkte das Gespräch so in eine andere Richtung. „Du willst dich bestimmt frisch machen nach der langen Fahrt."

„Ja, ich würde vor dem Dinner gerne noch meine Sachen auspacken und duschen."

„Dann geh nur, Liebling", erwiderte Patrick mit einem liebevollen Lächeln. „Ich mache es mir derweil im Kaminzimmer gemütlich."

Die beiden Frauen folgten Miles und Mason in den ersten Stock, wo am Ende des Ganges Cathlyns Zimmer lag. Als sie ihr kleines Reich betrat, kamen ihr wie immer sofort die Tränen. Es war noch genauso wie früher.

Ihr erster Blick fiel auf die gemütliche Sitzbank vor dem Fenster, die von zwei eingebauten Bücherschränken eingefasst wurde und mit dem dicken Polster und den vielen Kissen darauf sehr einladend wirkte. Hier hatte sie gerne gelesen, die Eichhörnchen im Garten beobachtet oder im Winter einfach nur die herabfallenden Schneeflocken hinter der Scheibe bewundert.

Ein Lächeln schlich sich auf ihre Lippen, als sie sich jetzt daran erinnerte.

Cathlyn ließ sich rücklings auf das große Bett fallen und schaute an die Decke, an der immer noch die Leuchtsterne aus ihrer Kindheit klebten. Wehmütig verzog sie den Mund zu einem Lächeln, dann raffte sie sich wieder auf und öffnete die oberste Schublade ihres Nachtschränkchens.

Regina, die bis jetzt im Türrahmen gestanden und Cathlyn die ganze Zeit über nur nachdenklich betrachtet hatte, trat nun ein und schloss die Zimmertür hinter sich.

„Ich habe darauf geachtet, dass hier nichts von seinem Platz verschwindet“, bemerkte sie nach einem Blick auf die Schneekugel, die Cathlyn aus der Schublade genommen hatte und jetzt kräftig schüttelte.

Die ältere Frau setzte sich zu ihrem Schützling und gemeinsam verfolgten sie, wie der Schnee in der Kugel wild umherwirbelte und sich anschließend langsam am Boden absetzte. Zum Vorschein kam eine romantische Gasse mit kleinen, weihnachtlich geschmückten Läden und Cafés.

„Glaubst du an das Schicksal, Regina?“, fragte Cathlyn in die Stille.

Regina atmete tief durch, ehe sie antwortete: „Früher einmal, ja. Als deine Mutter noch am Leben war und bevor dieser schreckliche Unfall uns das Liebste auf der Welt genommen hat.“

Cathlyn nickte. Die Worte der Haushälterin trieben ihr Tränen in die Augen. Wie jedes Jahr, wenn sich der Todestag ihrer Mutter ein weiteres Mal jährte, wurde sie untröstlich – und der morgige Besuch auf dem Friedhof würde es nicht besser machen. Dennoch hatte sie das Gefühl, dass in diesem Jahr irgendetwas anders war. Beinahe täglich sah oder erlebte sie Dinge, in denen sie Zeichen erkannte, die sie an ihre Mutter erinnerten. Fast so, als wäre sie wieder bei ihr.

Erst die Eiskristalle, die sie für die Seniorenfeier gebacken hatte, dann die Einladung zum Winterball ins Plaza und jetzt die Schneekugel, die eine verblüffende Ähnlichkeit mit der kleinen Straße in der Upper West Side hatte.

Als Cathlyn weiterhin schwieg, fragte Regina überrascht: „Glaubst du denn an das Schicksal?“

Cathlyn zögerte kurz, dann antwortete sie: „In letzter Zeit denke ich immer häufiger, dass alles vorherbestimmt ist. Kannst du dich noch an mein Lieblingsmärchen erinnern?“

„Du meinst Cinderella?“

„Ja. Als Mom gestorben und Cruella mit ihren Töchtern eingezogen ist, fühlte ich mich genau so. Die kleinen Spitzen, die sie austeilte, das Ins-Lächerliche-ziehen … Ich verbrachte fast den ganzen Tag bei dir in der Küche, nur um sie zu meiden.“

„Es war eine schlimme Zeit damals“, sinnierte Regina mit betrübtem Ausdruck.

„Ja, das war es. Aber andererseits wäre ich sonst nicht ausgezogen, hätte den Job bei Macy’s nie bekommen und Prinz Charming nicht kennengelernt.“

„Was sagst du da? Langsam, bitte, und eins nach dem anderen“, bremste Regina die junge Frau. „Hast du etwa einen Freund und mir nichts davon erzählt?“, tadelte sie Cathlyn, doch das wissende Grinsen strafte die Rüge Lügen.

Auch sie konnte das Grinsen nicht länger zurückhalten. „Ich habe ihn vor Kurzem bei Macy’s getroffen. Wir hatten erst ein Date, es ist also noch ganz frisch.“

Reginas Wangen färbten sich leicht rot vor Begeisterung. „Oh, ich freu mich so für dich“, erwiderte sie aufgeregt. „Wie heißt der Glückliche und was macht er so?“

„Er heißt Steven und ist Anwalt. Leider gehört er zu jener Gesellschaft, die sich keine einfache Verkäuferin zur Freundin nehmen.“

„Ich verstehe nicht ganz. Ich dachte, ihr habt euch im Kaufhaus kennengelernt?“

„Haben wir auch, aber er hält mich für eine Kundin, die Modedesign studiert.“

Regina schnalzte missbilligend mit der Zunge. „Warum spielst du ihm dann etwas vor und sagst ihm nicht, wer du wirklich bist?“ Die Verwirrung stand Regina förmlich ins Gesicht geschrieben.

„Sein Dad ist Senatskandidat. Meinst du, Steven trifft sich wirklich ein weiteres Mal mit mir, wenn er erfährt, wie ich meine Brötchen verdiene? Ich weiß, was diese Leute von Servicepersonal halten.“ Nach einer kurzen Pause und einem skeptischen Blick ihrer Vertrauten setzte Cathlyn verlegen nach: „Aber es war so schön mit ihm! Er ist der perfekte Gentleman, hat Humor und dazu sieht er noch umwerfend aus.“

Regina verdrehte die Augen und stieß ungläubig aus: „Aber du bist doch auch reich!"

„Trotzdem ist da mein Job ... Ihr versteht alle nicht, dass mir dieser Luxus nicht wichtig ist und ich gerne arbeiten gehe", erwiderte Cathlyn gekränkt.

Reginas Blick wurde schlagartig weich. „Doch, ich versteh dich, Liebes. Denn du machst genau das, was dir Spaß macht."

Cathlyn überlegte kurz und fuhr anschließend fort: „Aber es gibt da noch mehr Zeichen, die mich an das Schicksal glauben lassen. Diese Schneekugel zum Beispiel. Die Straße im Inneren sieht genauso aus wie diejenige in der Upper West Side, wo das Kino steht."

„Hast du gerade von einem Kino in der Upper West Side gesprochen?", fragte Regina mit erstickter Stimme und setzte sich kerzengerade auf.

Verwirrung breitete sich in Cathlyns Gesicht aus. „Ja, das, wo Steven und ich unser erstes Date hatten."

Ergriffen legte die ältere Frau die Hand auf die Brust und bedachte die junge Frau mit einem entrückten Blick. „Genau dasselbe hat auch deine Mom vor vielen Jahren einmal erwähnt!"

Das Kribbeln, das sich plötzlich in Cathlyns Körper ausbreitete, war unbeschreiblich. „Dad hat mir erzählt, dass er und Mom damals ebenfalls in dem Kino gewesen waren."

„Wirklich? Das kann nicht nur Zufall sein", bemerkte Regina entzückt und strahlte dabei übers ganze Gesicht.

Cathlyn schüttelte bestätigend den Kopf. „Nein, und genau deshalb werde ich mich weiterhin mit Steven treffen und sehen, wohin es führt."

Als Cathlyn zwei Stunden später mit ihrem Dad im Esszimmer auf Genevieve, Chloe und Violet wartete, dachte sie an ihre Stiefmutter. Von wegen „nicht wohl fühlen". Regina hatte ihr zuvor den wahren Grund für ihr Fortbleiben verraten und von der schlechten Laune erzählt, die Cruella schon seit Tagen verbreitete.

Ein schadenfrohes Lächeln überzog Cathlyns Gesicht und ließ ihre Stimmung an diesem Freitagabend steigen. Doch vorerst würde sie sich nur im Stillen über ihren Triumph freuen, ebenso wie Regina, Miles und Mason, die schon die ganze Woche über unter den Launen ihrer Hausherrin gelitten hatten.

Lautes Stimmengewirr in der Eingangshalle ließ Cathlyn aufhorchen und wenige Augenblicke später schwebte Genevieve mit ihren Töchtern herein. Sofort fiel Cathlyn auf, wie alt ihre Stiefmutter zwischenzeitlich geworden war. Selbst die kosmetischen Eingriffe und das gemachte Dekolleté konnten nicht mehr darüber hinwegtäuschen.

Auf ihrem Gesicht spiegelte sich ihr wahrer Charakter wider. Gehässigkeit und Kälte. Ein Schaudern lief Cathlyn über den Rücken. Genau dieser Ausdruck hatte ihr als Kind so viel Respekt eingeflößt. Bis heute konnte sie nicht verstehen, was ihr Vater an dieser Frau fand.

„Cathlyn, meine Liebe", säuselte Genevieve und nahm, gefolgt von ihrer Entourage, Platz. So wie es aussah, waren ihre beiden Stiefschwestern immer noch wie zwei kleine Schoßhündchen, die ihrer Mutter überallhin folgten. Violet, die nettere der beiden, schenkte Cathlyn ein kurzes Lächeln und nahm neben ihr Platz. Chloe dagegen musterte sie mit einem abschätzigen Blick und setzte sich neben ihre Mutter.

„Hallo, Genevieve. Ich hoffe, es geht dir etwas besser?", fragte Cathlyn in dem höflichsten Tonfall, den sie aufbringen konnte.

„Leider nicht. Meine Migräne scheint dieses Mal ewig anzudauern." Genevieve verzog das Gesicht zu einer bedauernswerten Miene, als trüge sie die Last der ganzen Welt auf den Schultern.

„Genevieve, Liebes", erwiderte Patrick mit ruhiger Stimme, „nimm dir diese Abfuhr doch nicht so zu Herzen. Es gibt noch genug andere Bälle."

Nach einem kurzen vernichtenden Blick wechselte Genevieves Ausdruck schlagartig zu einem aufgesetzten Lächeln. „Ach, darüber mache ich mir doch gar keine Gedanken mehr. Wenn Dana Carter uns nicht dabeihaben will, ist das ihr Verlust. Es ist nur schade um die Kleider, die ich den Mädchen bereits gekauft habe."

In diesem Moment betrat der Butler den Speisesaal und wechselte mit Cathlyn einen amüsierten Blick, aber es war noch zu früh, Genevieve die Einladung zum Winterball unter die Nase zu reiben. Sie waren schließlich erst bei der Vorspeise und sie wollte die Stimmung nicht jetzt schon ruinieren.

„Arbeitest du immer noch bei Macy's?", erkundigte sich Chloe in dem Moment mit einem spöttischen Lächeln.

„Immer noch, ja", erwiderte Cathlyn gelassen und nahm einen Schluck von ihrem Wein. Demonstrativ wandte sie sich danach an Violet, die ihr schon immer lieber gewesen war. Mit einem ehrlichen Lächeln fragte sie: „Was gibt es bei dir Neues, Vi? Spielst du immer noch Klavier?“

Ein überraschtes Lächeln zeichnete sich auf ihrem Gesicht ab. „Ja! Dass du das noch weißt … Und es gibt tolle Neuigkeiten: Ich habe für nächstes Semester einen Studienplatz am *Boston Conservatory* bekommen.“

Die Freude über die Zulassung zur Musikhochschule stand Violet förmlich ins Gesicht geschrieben und auch Cathlyn freute sich ehrlich mit ihrer Stiefschwester. Sie hatte als Kind Violets Übungsstücken immer gerne gelauscht, auch wenn sie selbst kein Talent am Flügel bewiesen hatte.

„Das hört sich ja unglaublich an! Herzlichen Glückwunsch, Vi. Sag Bescheid, wenn du mal nach New York kommst, dann machen wir uns einen schönen Abend in der *Carnegie Hall*“, schlug Cathlyn gut gelaunt vor und drückte ihrer Stiefschwester kurz ermutigend die Hand.

„Sehr gerne, das mache ich. Es war schon immer mein Traum, dort ein Konzert zu besuchen.“

Aus dem Augenwinkel bemerkte Cathlyn, wie Genevieve und Chloe genervt mit den Augen rollten und kicherten. Wut stieg in ihr auf und die nächsten Worte sprudelten wie von selbst aus ihr heraus.

„Und weißt du, was schon immer mein größter Traum war? Mich wie Cinderella herauszuputzen und auf einen rauschenden Ball im Plaza zu gehen. Und stell dir vor, dieser Traum wird bald Wirklichkeit.“

Cathlyn registrierte voller Genugtuung, dass sie jetzt die ungeteilte Aufmerksamkeit von Cruella und Chloe hatte. Mit einem breiten Lächeln klärte sie Violet auf: „Dana Carter ist eine meiner Stammkundinnen und hat mir letzten Mittwoch höchstpersönlich eine Einladung zum Winterball vorbeigebracht.“

12

„Gib mir sofort mein Buch zurück!", forderte Cathlyn eine jüngere Version ihrer Stiefschwester lautstark auf, während sie sie böse anfunkelte. Doch Chloe ließ sich nicht beirren, sprang auf Cathlyns Bett und reckte die wertvolle Schmuckausgabe von Cinderella, die bis eben noch auf dem Nachttisch gelegen hatte, demonstrativ in die Höhe.

„Und wenn nicht?", fragte sie mit einem süffisanten Grinsen. „Wirst du dann wieder zu Regina rennen und weinen?"

Chloe klemmte sich das Buch unter die Achsel, rieb sich mit den Handrücken die Augen und imitierte so perfekt den letzten Tränenausbruch von Cathlyn. „‚Buhuuu, Chloe hat mir mein Buch weggenommen!'" Dann verfiel sie in ein übermütiges Gackern. „Oder deine verrückte Grandma aus der Bronx anrufen?"

„Queens, du dämliche Ziege!" Mit einem Satz war Cathlyn ebenfalls aufs Bett gesprungen und versuchte nun mit ganzem Körpereinsatz, das Buch aus Chloes Fängen zu retten. Doch vergeblich. Chloe war der Sechsjährigen mit drei Jahren Vorsprung körperlich deutlich voraus.

„Gib ihr doch einfach das Buch zurück oder willst du wieder Ärger bekommen?", mischte sich Violet verunsichert ein, die die erneuten Streitereien zwischen ihren Schwestern bis jetzt nur stumm beobachtet hatte.

„Sei doch keine Spielverderberin, Vi. Ich will mir doch nur den Prinzen anschauen!" Chloe rollte sich blitzschnell von dem Bett und riss plötzlich in einer ungestümen Bewegung die Buchklappen so weit auseinander, dass die Bindung gefährlich knarzte und Cathlyn laut aufschrie.

„Gib sofort mein Buch her!" Heiße Tränen liefen ihr über die Wange, als sie ihrer Schwester folgte und panisch nach dem Buchdeckel griff.

„Hach, wie romantisch! Und jetzt küsst er sie auch noch!" Chloes Worte trieften vor Ironie, als sie zur letzten Seite umblätterte und mit schmatzendem Geräusch Luftküsse verteilte.

Plötzlich unterbrach der typische Laut von reißendem Papier ihre Darstellung und die Köpfe der Schwestern wanderten beinahe zeitgleich nach unten, um sich die Bescherung anzusehen.

Erschrocken schnappte Chloe nach Luft. „Das wollte ich nicht", entfuhr es dem Mädchen, als sie panisch zwischen dem Buch in Cathlyns Hand und dem Fetzen Papier in ihrer eigenen hin und her sah.

Doch Cathlyn war zu schockiert, um etwas zu sagen. Wie in Trance nahm sie ihrer Schwester die Buchseite aus der Hand, stolperte aus dem Kinderzimmer und die Treppen hinunter zur Küche.

„Chloe hat schon wieder eines meiner Märchenbücher zerstört!" Heiße Tränen des Verlustes strömten Cathlyns Wangen herab, als sie mit einem lauten Knall die Küchentür aufstieß und auf Regina zustürmte. Überrascht schreckte die Köchin, die gerade dabei war, Teig zu kneten, auf und drehte sich mit einem besorgten Ausdruck auf dem Gesicht zu Cathlyn um.

„Schon wieder? Das darf doch nicht wahr sein!", polterte Regina wutentbrannt, wischte sich die bemehlten Hände eilig an der Schürze ab und schloss Cathlyn mit einem tiefen Seufzer in die Arme.

Cathlyns Körper bebte heftig unter ihren herzzerreißenden Schluchzern. „Sie hat einfach die letzte Seite herausgerissen!" Sie reichte Regina das Buch und den losen Fetzen Papier, ehe sie aufgelöst stammelte: „Jetzt gibt es kein Happy End mehr."

Für einen Moment wirkte Regina wie erstarrt, dann besah sie sich mit einem fassungslosen Kopfschütteln das Unglück.

„Jetzt reicht's aber! Ein für alle Mal. Dieses kleine Biest kann sich warm einpacken! Und ich werde gewiss nicht warten, bis dein Vater von seiner Geschäftsreise zurückkommt."

Wie gerufen schwebte Genevieve einen Augenblick später mit zwei sehr stillen Töchtern im Schlepptau in die große Küche.

„Regina, ist es zu viel verlangt, eine Stunde auf die Kinder aufzupassen, während ich mir etwas Ruhe gönne? Meine Migräne hat sich sogar noch verschlimmert." Genevieve fasste sich theatralisch an den Kopf und schloss für einen Moment dramatisch die Augen.

„Ich bin hier nicht als Nanny eingestellt", schleuderte Regina ihr mit hochrotem Kopf entgegen. „Haben Sie gefälligst selbst ein Auge auf ihre verzogenen Gören."

Genevieve schnappte empört nach Luft, doch ehe sie etwas erwidern konnte, fuhr Regina hitzig fort: „Sehen

Sie dieses Buch? Es ist bereits das zweite innerhalb kürzester Zeit, das Chloe einfach so zerstört hat!"

Regina warf Chloe einen vernichtenden Blick zu, der sie schnell hinter ihrer Mutter Schutz suchen ließ.

„Und deswegen dieser Aufruhr?", erwiderte Genevieve mit einem verständnislosen Lachen. „Cathlyn hat doch zwei Schränke voller Bücher. Sie wird es schon verschmerzen – stimmt's, Schätzchen?"

„Das Buch war ein Andenken ihrer Mutter. Stella hat ihr daraus immer vorgelesen", erwiderte die Köchin mit bebender Stimme, während Cathlyn, die sich an Regina klammerte, noch immer stumme Tränen übers Gesicht rannen.

Für einen Moment wirkte Genevieve nachdenklich, dann antwortete sie lapidar: „Ich bin mir sicher, dass man irgendwo noch eine Ausgabe davon auftreiben kann."

Regina schüttelte sprachlos den Kopf, griff resolut nach Cathlyns Hand und sah Genevieve mit festem Blick an. „Madam, übers Wochenende bleibt die Küche kalt. Jetzt gibt es nämlich Wichtigeres: Schadensbegrenzung zu betreiben."

„Aber Sie können doch nicht einfach so gehen! Was sollen wir denn essen?" Hilflos sah Genevieve der Köchin und Cathlyn hinterher, die schon auf halbem Weg zur Treppe waren und nicht einmal im Traum daran dachten umzukehren, um Genevieve und ihre Töchter vor dem Hungerstod zu retten.

Unruhig wälzte sich Cathlyn im Bett hin und her, bevor sie endlich die Augen öffnete. Für einen Moment starrte sie einfach nur verwirrt an die Decke, ehe ihr einfiel, dass sie sich nicht in ihrem Dachgeschosszimmer in Queens befand, sondern im Hause ihres Vaters. Ihr Besuch hier und der Todestag ihrer Mom mussten alte Wunden aufgerissen haben. Nur so konnte sie es sich erklären, dass die Erinnerung sie in ihren Träumen eingeholt hatte.

Ihr Blick fiel auf das Bücherregal neben dem Fenster, dann setzte sie sich schlagartig auf, als sie das Buch aus dem Traum entdeckte. Der wunderschöne hellblaue Buchrücken mit den goldenen Lettern und Verzierungen stach zwischen allen anderen heraus.

Mit einem sentimentalen Ausdruck im Gesicht nahm sie es schließlich aus dem Regal, schlug die letzte Seite auf und betrachtete wehmütig das neu eingefügte Blatt, weswegen Regina beinahe eine Kündigung riskiert hatte. Jetzt waren hier nicht nur Prinz Charming und Cinderella zu sehen, sondern auch der gesamte Hofstaat, der sich freudig um das glückliche Paar versammelt hatte: eine rundliche Köchin, ein glatzköpfiger Gärtner, ein ernst dreinblickender Butler und ein kleines, glückliches Mädchen mit seinen Eltern.

13

„Der muss weiter nach links", dirigierte Ruby ihren Mann mit zusammengekniffenen Augen und trat einen Schritt zurück, um einen finalen Eindruck zu bekommen. „Stopp, so steht er perfekt!"

Ächzend kam Frank unter dem Baum hervor, wo er den Christbaumständer festgestellt hatte, und bemerkte nach einem skeptischen Blick auf den Baum: „Gerader geht nicht. Dieses Ding ist krumm und schief."

„Sobald er dekoriert ist, fällt das keinem mehr auf", erwiderte Cathlyn voller Zuversicht und schnappte sich eine Lichterkette aus der großen Box. „Außerdem muss dieser Baum ja auch ein Zuhause haben und so schlimm ist er nun auch wieder nicht."

Mit einem Schmunzeln setzte sich Frank auf die Couch und verfolgte für einen Moment, wie sich die Frauen an der Tanne, die neben dem Kamin stand, austobten, bis Ruby zum gefühlt hundertsten Mal erwähnte: „Wie gerne wäre ich gestern Mäuschen gewesen. Cruella muss gekocht haben!"

„Besonders nachdem sich Dad so für mich gefreut hat. Regina und Miles konnten ihr schadenfrohes Grinsen den ganzen Abend über nicht mehr abstellen", erwiderte Cathlyn mit einem amüsierten Grinsen, während sie die Lichterkette am Baum drapierte und ihre Gedanken zurück zu dem Augenblick schweiften, in dem sie Genevieve von der Einladung erzählte.

„Geschieht ihr recht. Und diese Dana Carter wird mir auch immer sympathischer. Die weiß, dass man sich keinen Ärger ins Haus holt. Ich wünschte nur, dein Vater würde endlich aufwachen."

„Ich hoffe es auch so sehr, Grandma." Cathlyn schnitt eine Grimasse und fuhr lächelnd fort: „Zumindest hatte ich nach diesen Neuigkeiten den restlichen Abend meine Ruhe vor ihr und Dad ganz für mich allein."

„Das ist schön. Es freut mich sehr, dass ihr euch wieder gemeinsam auf den Weg zum Friedhof gemacht habt."

Cathlyn drückte die Hand ihrer Grandma und nach einem Blick zur Couch bemerkte sie die glasigen Augen ihres Großvaters.

„Es macht mich so glücklich zu wissen, dass das Andenken deiner Mutter weiterhin so geehrt wird", fuhr Ruby mit bebender Stimme fort.

Cathlyn schluckte hart und erwiderte mit liebevoller Stimme: „Mom wurde auf *Jones Manor* sehr geliebt, vor allem von Regina."

Ihre Gedanken wanderten zum gestrigen Samstagvormittag und dem Friedhofsbesuch in Southampton. Trotz der Eiseskälte und Traurigkeit war die Stimmung weniger bedrückend gewesen als die Jahre zuvor, denn sie hatte mit Violet zum ersten Mal tatsächlich eine Schwester an ihrer Seite gehabt. Und auch die Anwesenheit von Regina, Miles und Mason hatte ihr wie immer viel Kraft gegeben.

Nachdem ihr Dad einige liebevolle Worte gesprochen und ein wunderschönes Gesteck auf dem Grab niedergelegt hatte, waren sie schließlich wieder zum Haus zurückgefahren.

„Ich freue mich schon darauf, Regina heute Abend wiederzusehen."

Wie jedes Jahr zur Weihnachtszeit machten sich auch ihre Großeltern auf den Weg nach Long Island, um ihrer Tochter zu gedenken. Dafür hatten sie, wie auch die Jahre zuvor, eine Übernachtung im *Lobster Inn* gebucht sowie einen Tisch für das Abendessen mit Patrick und Regina, um den Tag fernab von Genevieve ausklingen zu lassen.

„Und du hast heute wieder ein Date mit diesem Steven?", fragte ihr Großvater argwöhnisch von der Couch.

„Ja, heute Nachmittag. Wir treffen uns am *Wollman Rink.* Von dort aus sehen wir weiter." Mit einem verträumten Lächeln nahm Cathlyn ein filigranes Weihnachtsornament aus einer kleinen Schachtel und hängte es an einen Zweig.

„Pass bitte nur auf dich auf, schließlich kennst du ihn kaum. Zu meiner Zeit haben sich die Männer noch richtig ins Zeug gelegt, die Auserwählte monatelang umworben und sich den Eltern vorgestellt. Nicht wie heute dieses Facebook oder Tinder für sich arbeiten lassen. Denk daran, ein Foto kann auch täuschen."

„Frank, du hast schon wieder nicht richtig zugehört!", unterbrach Ruby die Predigt ihres Mannes energisch. „Sie hat ihn auf der Arbeit kennengelernt – ganz auf die altmodische Tour."

Mit einem amüsierten Lächeln wandte sich Cathlyn an ihren Grandpa. „Du kennst dich aber gut aus. Wo hast du diese Informationen schon wieder aufgeschnappt? Und falls es dich beruhigt: Ich bin gar nicht bei Tinder."

„Mach dir mal keine Sorgen, Frank, unsere Cathlyn wird schon wissen, was sie macht, stimmt's?" Ruby zwinkerte ihrer Enkeltochter zu und stieg dann auf einen kleinen Hocker, um die kristallene Christbaumspitze anzubringen.

Die Spitze war eines jener seltenen Erinnerungsstücke an ihre Kindheit und ließ Cathlyn sogleich sentimental werden. Selbst jetzt, nach all den Jahren, konnte sie die mächtige Tanne, die sie mit ihrer Mom jedes Jahr auf *Jones Manor* geschmückt hatte, noch vor sich sehen. Welch ein Glück, dass Regina wenigstens die Kiste mit dem Christbaumschmuck vor Cruella hatte retten können.

„Er sieht wundervoll aus", bemerkte Cathlyn mit glänzenden Augen, als sie ihrer Grandma kurz darauf beim Abstieg half. „Selbst aus einem krummen Baum kann man mit viel Liebe etwas Schönes machen."

„Das liegt nur an der senkrecht ausgerichteten Christbaumspitze", bemerkte Frank trocken, als er sich von der Couch erhob und zu den Frauen hinüberging.

Mit gespielter Empörung schlug Ruby ihrem Mann auf den Arm und konterte, ohne mit der Wimper zu zucken: „Dann sollten wir dir vielleicht auch so ein Exemplar besorgen, mein Schatz."

Frank sah seine Frau entgeistert an, ehe er mit einem Schmunzeln erwiderte: „Eigentlich sollte mich hier nichts mehr schockieren, aber du überraschst mich immer wieder, Ruby!"

Nur mit Mühe gelang es Cathlyn, das unerwünschte Kopfkino, das ihre Grandma mit ihrem Satz ausgelöst hatte, zu unterdrücken. *So etwas* wollte sie sich bei ihren Großeltern nun wirklich nicht vorstellen.

Schnell schüttelte sie sich und verabschiedete sich einige Minuten später mit einer Tasse Weihnachtstee und einer Portion Keksen nach oben. Vor ihrem Date mit Steven musste sie noch ein wenig an dem neuen Entwurf arbeiten, den sie gestern Abend nur grob skizziert hatte.

Hoch motiviert setzte sie sich an ihren Schreibtisch und griff nach dem Stift. Sie hatte einen Entschluss gefasst. Sie wollte sich endlich an der *Academy of Fashion and Design* bewerben, um Modedesign zu studieren, und dieser Entwurf sollte Teil der Bewerbungsmappe werden.

Die kürzliche Auseinandersetzung mit ihrem Boss und das Gespräch über den Aktionstisch hatten den Ausschlag dazu gegeben. Sie konnte immer noch nicht glauben, wie harsch er reagiert und ihre Idee ins Lächerliche gezogen hatte. Besonders sein Vergleich mit dem schäbigen Wühltisch im Supermarkt hatte sie getroffen.

Ihren Vollzeitjob bei Macy's müsste sie dafür zwar an den Nagel hängen, aber vielleicht hätte sie ja weiterhin die Möglichkeit, als Aushilfe oder an den Wochenenden im Kaufhaus zu arbeiten. Ganz so einfach konnte sie sich dann doch nicht von diesem Kaufhaus verabschieden. Letztendlich war es ihr sogar egal, ob sie weiterhin in der Damenabteilung arbeitete oder irgendwo anders eingesetzt werden würde – Hauptsache, sie müsste sich nicht zwischen Macy's und dem Studium entscheiden.

Cathlyn nahm einen Schluck vom Tee und sah gedankenverloren aus dem Dachfenster, als sich plötzlich das Bild eines schönen Ballkleides vor ihrem geistigen Auge formte. Das ärmellose Top war aus glänzendem Satin und mit Perlen bestickt, der ausgestellte Rock im Empirestil endete in einer kleinen Schleppe.

Der Entwurf von gestern musste erst einmal warten. Schnell schnappte sie sich ein neues Blatt Papier, um das Bild aus ihrem Kopf festzuhalten. Mit dem Bleistift skizzierte sie die groben Umrisse, dann griff sie nach hellblauer Pastellkreide und hauchte dem Kleid so Leben ein.

Ein zufriedenes Lächeln huschte über ihr Gesicht, weil sich die Frage nach dem passenden Kleid für den Winterball endlich geklärt hatte – sie würde genau dieses hier tragen.

***

Als Steven an diesem Sonntagnachmittag nach einem kurzen Fußmarsch von seiner Wohnung den südlichen Eingang zum Central Park passierte, hätte seine Laune nicht besser sein können. Er fieberte schon seit Tagen diesem zweiten Date mit Cathlyn entgegen und der heutige Wintertag mit viel Sonnenschein war perfekt dafür.

Über den East Drive, am Central Park Zoo vorbei, erreichte er schließlich sein Ziel. Sein Blick wanderte zur gut besuchten Eislaufbahn, hinter der die Wolkenkratzer imposant aufragten und eine atemberaubende Kulisse abgaben, allen voran das Plaza Hotel.

Für einen Moment verfolgte Steven das Treiben auf dem Eis, während Mariah Careys Song „All I want for Christmas is you" weihnachtliche Stimmung verbreitete.

„Hallo, Steven", erklang plötzlich Cathlyns warme Stimme hinter ihm.

Schnell drehte er sich um und sah direkt in ein graues Paar Augen, das ihn amüsiert musterte. Seine Lippen verzogen sich zu einem breiten Lächeln. Mit ihrer Pudelmütze und den roten Wangen sah sie einfach nur süß aus.

„Oh, hallo, Cathlyn. Ich habe Sie gar nicht hier stehen sehen", antwortete Steven überrascht. „Sind Sie schon lange da?"

„Vielleicht zehn Minuten, bis ich Sie entdeckt habe", erwiderte sie lächelnd und bemerkte nach einem Blick zur Eisbahn: „Hier ist ja ganz schön viel los."

„Ja, das stimmt." Steven versank einen Moment in Cathlyns Augen und fragte schließlich: „Sollen wir?"

„Sehr gerne, aber ich muss Sie vorwarnen. Ich bin schon seit einer Ewigkeit nicht mehr auf dem Eis gewesen", klärte Cathlyn ihn auf und hob entschuldigend die Schultern.

„Kein Problem, dafür habe ich umso mehr Erfahrung. Als Teenager habe ich Eishockey gespielt." Steven schenkte ihr ein charmantes Lächeln und führte sie dann zur Schlittschuhausgabe.

„Wirklich? Ich hätte eher auf Lacrosse getippt", bemerkte Cathlyn überrascht.

Steven lachte laut auf. „Nein, dafür konnte ich mich noch nie erwärmen – und mein Dad trägt es mir bis heute nach."

Cathlyn verzog mitfühlend das Gesicht und fragte interessiert: „Haben Sie sich oft verletzt?"

Er nickte leicht. „Ja, da ist einiges zusammengekommen. Eine gebrochene Nase, insgesamt drei

Veilchen und eine angebrochene Rippe", erwiderte Steven mit unverkennbarem Stolz in der Stimme. „Aber außerhalb des Spielfelds habe ich mich nie geprügelt."

„Und das soll ich Ihnen glauben?", bemerkte Cathlyn eine Augenbraue in die Höhe ziehend.

Steven hob verteidigend die Hände, ehe er antwortete: „Ich habe es lieber nicht riskiert, schließlich konnte ich mich glücklich schätzen, dass mich meine Mom zweimal die Woche zum Training gefahren hat ... und das, obwohl sie jedes Mal Todesängste ausgestanden hat."

Steven registrierte den amüsierten Ausdruck auf Cathlyns Gesicht, dann bemerkte er nach einem Blick zur Ausgabe: „Wir sind die Nächsten."

Wenige Minuten später waren die Schlittschuhe angeschnallt und Cathlyn und Steven auf der Eisfläche. Nach einigen Übungsrunden, in denen er nicht von Cathlyns Seite gewichen war, hatte Steven wieder zu seiner alten Form gefunden und bewegte sich voller Selbstsicherheit auf den Kufen. Erst jetzt wurde ihm bewusst, wie sehr er seine alte Leidenschaft vernachlässigt hatte. In den letzten Jahren waren „Erwachsenendinge" schlichtweg wichtiger gewesen. Das Jurastudium, die Termine mit Klienten und die langen Arbeitstage in der Kanzlei hatten seine Tage zur Gänze gefüllt.

Ein Gefühl von Freiheit erfasste ihn, als er nun den klirrend kalten Fahrtwind im Gesicht spürte und das Kratzen von Metall auf Eis hörte. Er hätte stundenlang so weiterfahren können, mit New Yorks Skyline im Hintergrund und Cathlyn an seiner Seite.

Beflügelt sah er zu ihr hinüber und beobachtete für einen Moment, wie sie sich auf dem Eis schlug, als sie plötzlich ins Straucheln kam. Geistesgegenwärtig griff er nach ihrer Hand und bewahrte sie so vor einem Sturz.

Ein erstickter Laut entwich ihr und sie sah ihn überrascht an. „Vielen Dank, ohne dich würde ich jetzt bäuchlings auf dem Eis liegen." Sie stutzte und sah ihn erschrocken an. „Oh, tut mir leid, ich meinte, ohne Sie …"

„Keine Ursache … Und lass uns doch bitte beim Du bleiben", unterbrach Steven sie mit einem Augenzwinkern und fasste ihre Hand nun noch fester, um mit ihr übers Eis zu sausen. Selbst durch die dicken Handschuhe konnte er ihre Wärme spüren, die ein unerwartetes Prickeln in seiner Magengegend auslöste.

Verstohlen sah er zu ihr hinüber und in ihr vor Freude gerötetes Gesicht, das so bezaubernd wirkte, dass er sie am liebsten auf der Stelle geküsst hätte.

Obwohl Cathlyn mit der Zeit immer sicherer auf dem Eis wurde, gab er ihre Hand nicht frei, sondern hielt sie weiterhin fest. Er wollte das Gefühl noch nicht vermissen.

Erst als sie eine halbe Stunde später die Eisfläche verließen, um eine kleine Pause einzulegen, ließ er sie widerwillig los.

„Wie wär's mit einer heißen Schokolade?", fragte Steven, den das Eislaufen und die Zeit mit Cathlyn in beste Laune versetzt hatten.

„Eine sehr gute Idee und genau richtig zum Aufwärmen", erwiderte sie fröhlich, als sie über den gummierten Boden zur Hütte staksten.

„Und so, wie es aussieht, haben wir dafür den perfekten Zeitpunkt gewählt“, bemerkte Steven erfreut, als sein Blick auf ein Eisfahrzeug fiel, das startklar hinter der Bande wartete. Beinahe zeitgleich ertönte die Durchsage eines Angestellten, die Bahn zu räumen.

„Ja, und somit gehören wir zu den ersten 150 Gästen, die einen Gratiskakao bekommen“, bemerkte Cathlyn in kindlicher Freude und sprach damit einen Artikel an, der erst kürzlich von dieser Aktion berichtet hatte.

Steven bedachte sie mit einem amüsierten Lächeln und nahm kurz darauf den Kakao entgegen, der für sie tatsächlich kostenlos gewesen war. Anschließend ließen sie sich auf einer Bank im Aufwärmzelt nieder.

„Ich war neulich übrigens bei Macy's im Winterwonderland“, bemerkte Steven nach einigen Augenblicken der Stille. „Du hast recht, es sieht ganz genauso aus wie das in dem Kinofilm.“

Steven registrierte Cathlyns überraschten Ausdruck und den Pappbecher, der ihr um ein Haar aus der Hand gefallen wäre. Amüsiert fuhr er fort: „Wirklich sehr schön dort. Ich hatte es nicht so groß in Erinnerung.“

„Ja, und es wird leider von Jahr zu Jahr voller. Die Tickets für den Fotopoint mit Santa sind bereits zu Thanksgiving ausgebucht“, erwiderte Cathlyn hastig, nachdem sie sich einige Kakaospritzer von der Hand gewischt hatte.

„Lass mich raten, du gehörst bestimmt auch zu jenen Gästen, die sich jedes Jahr ein neues Foto besorgen.“ Fragend zog Steven eine Augenbraue nach oben und sah sie eingehend an.

„Ertappt. Ich habe in den letzten zwanzig Jahren keinen einzigen Santa ausgelassen."

Steven musste bei den Worten liebevoll lächeln. „Warum wundert mich das nicht?"

„Als Kind gab es für mich nichts Aufregenderes, als bei der Thanksgiving-Parade und Santas Einzug ins Kaufhaus live dabei zu sein." Cathlyn machte eine kurze Pause und wirkte, als sei sie in Gedanken weit weg, dann fuhr sie mit einem wehmütigen Lächeln auf den Lippen fort: „Als meine Mom noch lebte, standen wir immer in der ersten Reihe, direkt am Herald Square, um auch ja nichts zu verpassen. Wir hatten sogar Kekse und Punsch dabei."

Steven verzog mitfühlend das Gesicht und erwiderte leise: „Das tut mir sehr leid. Du vermisst sie bestimmt sehr, gerade jetzt, zur Weihnachtszeit."

„Ja, besonders in den letzten Tagen ... Vorgestern war ihr Todestag", antwortete Cathlyn mit Tränen in den Augen. „Leider kann ich mich kaum noch an sie erinnern. Ich war noch sehr klein, als sie den Unfall hatte."

Stevens Kehle schnürte sich beim Gedanken an ein so tragisches Ereignis zu. Nie hätte er damit gerechnet, dass ausgerechnet Cathlyn mit solch einem Verlust leben musste.

Bedauernd verzog er den Mund und überlegte angestrengt, was er sagen könnte, um ihr beizustehen. Vorsichtig griff er nach ihrer Hand und sah ihr fest in die Augen. „Dafür hast du diese wunderschöne Erinnerung, wie ihr gemeinsam die Parade verfolgt. Ich wette, sie war genauso ein Weihnachtsfan wie du."

Ein verträumtes Strahlen trat in Cathlyns Gesicht. „Sie liebte ausgefallenen Christbaumschmuck und Schneekugeln. Einen Teil davon besitze ich noch bis heute.“

„Das freut mich. Bei uns wurde um Weihnachten nie viel Aufhebens gemacht. Selbst die Kekse hat Mom bei einer Bäckerei geholt“, erwiderte Steven mit einem Achselzucken.

Für einen Moment schwiegen sie beide in Gedanken versunken, bis die Durchsage eines Angestellten die Stille unterbrach.

„Oh, es geht wieder weiter“, bemerkte Cathlyn mit einem erfreuten Blick zur Eisbahn.

Doch Steven antwortete nicht, stattdessen sah er sie weiterhin unverwandt an, während er sich seiner Gefühle ihr gegenüber bewusst wurde.

Als sich Cathlyn verwundert zu ihm umdrehte und sich ihre Blicke trafen, wusste er, dass er keinen einzigen Tag mehr ohne sie sein wollte. Ihre liebevolle, herzensgute Art hatte ihn fest in ihren Bann gezogen.

In einer zärtlichen Geste strich er ihr über die kühle Wange, während sich seine Augen auf ihre Lippen richteten und sein Atem sich leicht beschleunigte. Dann zog er sie langsam zu sich und küsste sie vor dieser atemberaubenden Kulisse voller Zärtlichkeit.

Er spürte ihren warmen Atem auf seinem Gesicht und schmeckte die Süße des Kakaos auf ihrer Zunge, als sie seinen Kuss vorsichtig erwiderte.

Davon ermutigt, zog er sie näher an sich, den dicken Winterjacken zum Trotz, und vertiefte den Kuss, während große, weiche Schneeflocken auf sie herabschwebten. Die prickelnde Wärme, die dabei in ihm aufstieg, ließ ihn die Kälte um ihn herum jedoch vergessen.

Beschützend legte er die Arme um Cathlyn, um sie zu wärmen, bevor sie ihren Kuss für einen kurzen Moment unterbrachen und sich atemlos ansahen.

14

Gab es etwas Schöneres als eine romantische Kutschfahrt durch den Central Park?

Überwältigt lehnte sich Cathlyn in der weißen Kutsche zurück und bewunderte die verschneite Winterlandschaft, die langsam an ihnen vorüberzog. Die verwunschenen, geheimnisvollen Pfade, die sich abseits der breiteren Wege befanden und auf denen vorwitzige Eichhörnchen munter herumtollten. Sie entdeckte unzählige Brücken und kleine Statuen, die am Wegesrand standen und auf denen sich die Tauben niederließen.

Als plötzlich leichter Schneefall einsetzte, zog Steven das schützende Verdeck der Kutsche etwas tiefer nach unten und steckte die Decke, unter der sie sich eingekuschelt hatten, noch einmal fest.

„Gefällt es dir?", fragte er mit verklärtem Blick, während sie die schneebedeckte Sheep Meadow passierten, die im Sommer eine beliebte Picknickwiese war.

„Ehrlich gesagt gefällt mir die Kutschfahrt noch besser als das Schlittschuhlaufen", antwortete Cathlyn mit einem entschuldigenden Lächeln. „Warum habe ich das nicht schon früher gemacht? Ich fühle mich wie eine Prinzessin."

Cathlyns Blick wanderte zum Kutscher, der dieses Gefühl mit seinem edlen Wollmantel und dem schwarzen Zylinder noch verstärkte.

Als hätte er ihren Blick gespürt, drehte sich der weißhaarige Mann plötzlich mit einem geheimnisvollen, aber irgendwie auch bedrohlichen Lächeln zu ihr um. Ohne den Blick von ihr zu nehmen, lenkte er die Kutsche, die auf einmal immer schneller wurde, blind durch die vorbeirauschenden Bäume.

„Sollten Sie nicht besser nach vorne schauen?", fragte sie unruhig und lächelte dabei zaghaft. Er reagierte nicht.

Ein unheimliches Gefühl breitete sich schlagartig in Cathlyn aus und eine Gänsehaut bildete sich auf ihrem ganzen Körper. Irgendetwas stimmte hier ganz und gar nicht.

Ängstlich griff sie nach Stevens Hand, fasste jedoch nur ins Leere. Panik ergriff sie, als ihr klar wurde, dass sie mit diesem Verrückten ganz alleine und Steven wie vom Erdboden verschluckt war.

Sie öffnete den Mund, um den Kutscher zum Halten zu bewegen, da sie sich mittlerweile gefährlich nahe an einem Abgrund bewegten, doch mehr als ein erstickter Schrei kam nicht über ihre Lippen. Dann sah sie es.

Weiße Federn sprießten aus seiner Haut und breiteten sich wie feiner Flaum auf seinen Wangen aus. Ungläubig kniff sie die Augen zusammen. Der Hals des Kutschers dehnte sich immer mehr, seine Füße fächerten sich breiter auf und sie verfolgte wie gelähmt, wie er sich immer weiter in eine Gans verwandelte.

Ein heftiges Ruckeln brachte die Kutsche plötzlich ins Straucheln. Zwei Lakaien waren auf das Trittbrett am Einstieg gesprungen.

Schockiert riss Cathlyn den Mund auf, als sie die schuppigen grünen Schwänze entdeckte, die unter den Livreen, die ihren Oberkörper bekleideten, hervorlugten. Mit offenem Mund beobachtete sie, wie die Haut der beiden Männer nun ebenfalls einen giftigen Grünton annahm und sich die Augen in schmale gelbe Schlitze verwandelten.

Mittlerweile war die Kutsche so schnell geworden, dass sie gefährlich schunkelte. Immer mehr Teile lösten sich aus ihrer Verankerung und wurden wild durch die Luft geschleudert. Das Verdeck machte den Anfang, die Holzräder folgten kurz darauf. Dann ging alles blitzschnell.

Die Kutsche überschlug sich mehrmals und Cathlyn flog zusammen mit dem Gänserich und den Eidechsen wild durch die Luft. Mit einem dumpfen Laut landete sie auf dem harten, vereisten Boden. Ein Stöhnen entwich ihr, als ihr durch den Aufprall die Luft aus den Lungen gepresst wurde.

Nachdem sie die Augen geöffnet und sich vorsichtig umgesehen hatte, erkannte sie, dass sich die Kutsche nach dem Aufprall anscheinend in Luft aufgelöst hatte und sie inmitten von Kürbisfleisch saß.

Ein boshaftes Lachen drang an ihr Ohr, das sie irritiert aufschauen ließ, und sie erkannte Genevieve und Chloe, die in dicke Pelzmäntel mit aufgestellten Spitzkragen gekleidet von oben auf sie herabsahen.

„Da liegt sie, am Boden mit den Tauben", bemerkte ihre Stiefmutter voller Abscheu. „Steh schon auf, Cathlyn, oder willst du dich den ganzen Tag ausruhen?"

Völlig verwirrt blinzelte Cathlyn gegen das Licht, das von draußen durch das Fenster schien, und als sie eine sanfte Berührung am Arm spürte und langsam den Kopf drehte, erkannte sie ihre Grandma Ruby, die neben ihrem Bett stand und sie besorgt ansah.

15

Als Steven am nächsten Mittwoch abends das Haus seiner Eltern betrat, verpuffte seine gute Laune schlagartig, denn es war Valerie, die ihm in seinem eigenen Elternhaus die Türe öffnete. Wie immer war sie perfekt gestylt, doch auch das enge Strickkleid und ihre hochhackigen Pumps schafften es nicht, dass er sie eines weiteren Blickes würdigte. Sie hatte auf ihn dieselbe Anziehung wie ein Eisblock.

„Komm schnell rein, wir warten schon auf dich", säuselte Valerie, als sie die Tür hinter ihm schloss.

Es ärgerte Steven maßlos, dass sie sich im Haus seiner Eltern immer noch mit dieser unverschämten Selbstverständlichkeit bewegte, obwohl es zwischen ihnen aus war.

Widerwillig zog sich Steven den Mantel aus, hängte ihn an die Garderobe und wandte sich Richtung Speisezimmer, ohne auch nur ein Wort zu sagen.

„Bitte warte kurz!", erklang ihre Stimme da hinter ihm und als er sich umdrehte, sah sie ihn mit einem aufgesetzten Lächeln an. „Ich würde noch gerne mit dir sprechen – oben, wo wir ungestört sind."

Valerie schien seinen Unmut bemerkt zu haben, denn sie fuhr mit zuckersüßer Stimme fort: „Bitte, Steven, es ist wichtig."

Er warf einen schnellen Blick zum Esszimmer und entgegnete emotionslos: „Aber fass dich kurz", dann folgte er ihr nach oben. Vor dem Arbeitszimmer seines Dads, das am Ende des Flurs lag, blieben sie stehen.

„Danke. Es ist mir wichtig, dass wir die Dinge zwischen uns endlich klären, schließlich werden am kommenden Samstag alle Augen auf uns gerichtet sein.“

Steven sah Valerie verständnislos an, bevor ihm wieder einfiel, was sie meinte. „Kommst du etwa auch zum Winterball?“

„Natürlich kommen meine Eltern und ich zum Winterball. Was für eine Frage“, maulte Valerie mit empörtem Blick.

„Dir ist aber schon klar, dass wir kein Paar mehr sind und ich diesen ganzen Zirkus nur noch wegen Dad mitmache, oder?“, erwiderte Steven und sah Valerie abwartend an.

„Natürlich ist mir das klar. Aber denkst du nicht auch, dass du überreagiert hast, indem du die Verlobung so schnell gelöst hast? So leicht wirst du mich nicht los, da machst du es dir wirklich zu einfach.“

Steven atmete hörbar aus, ehe er antwortete: „Du willst es immer noch nicht begreifen ... Glaubst du, dein Seitensprung ist normal?“

Valerie kam mit einem unbedarften Lächeln auf ihn zu, um sich ihm an den Hals zu werfen. „Ich liebe dich immer noch, daran hat sich nie etwas geändert. Ich verstehe nicht, warum du mir diesen kleinen Ausrutscher immer noch nachträgst.“

Ruckartig trat Steven einen Schritt zurück, als er Valeries Hand an seinem Rücken und ihren heißen Atem an seinem Hals spürte.

„Auch wenn es in deinen Kreisen völlig normal ist, sich einen Liebhaber zu nehmen, ist es das für mich nicht. Und schon gar nicht bereits vor der Ehe!“

Stevens Gedanken wanderten zu Vals Eltern und der Tatsache, dass die Affären in ihrem Hause ein offenes Geheimnis waren, an denen sich scheinbar keiner störte.

Val zog eine Schnute und erwiderte schnippisch: „Du wirst deine Meinung schon noch ändern. Außerdem steht dein Dad hinter mir."

Steven verkniff sich einen bösen Kommentar, denn er wusste es besser. Sein Dad würde Val noch vor Schließung der Wahlurnen fallen lassen. Das hatte er ihm gegenüber sehr deutlich gemacht.

„Na, dann ist ja alles geklärt", murmelte er mit einem aufgesetzten Lächeln und ließ Valerie einfach im Gang stehen.

Kopfschüttelnd machte er sich auf den Weg nach unten und fühlte sich auf einmal wie befreit. Erst jetzt wurde ihm klar, dass er es tatsächlich allein Val zu verdanken hatte, dass sein Schicksal eine andere Wendung genommen hatte. Ohne ihren Betrug hätte er sie nächstes Jahr geheiratet und Cathlyn womöglich nie kennengelernt.

Als er entspannt lächelnd die Küche erreichte und seine Mutter herzlich umarmte, sah diese ihn mit einem überraschten, aber auch wissenden Blick an. Leise fragte sie: „Lass mich raten, deine gute Laune liegt nicht an Val?"

„Nein, Mom", erwiderte Steven amüsiert und fuhr nach einem Blick über die Schulter fort: „Aber das erzähle ich dir lieber ein anderes Mal. Sie kommt gerade."

Helen nickte ihrem Sohn verschwörerisch zu und öffnete den Backofen, in dem sich ein gigantischer Truthahn befand.

„Der sieht aber beeindruckend aus. Richtige Hausmannskost!", säuselte Valerie schon beim Hereinkommen. „Warte, Helen, ich helfe dir!"

Steven verfolgte, wie sich Valerie die Ofenhandschuhe schnappte und sich wichtigtuerisch neben seine Mom stellte. Es war wieder einmal typisch für seine Ex-Verlobte, dass sie sich bei ihr anbiederte, doch Helen verpasste ihr umgehend einen Dämpfer.

„Danke, Val, aber ich mach das schon. Geht doch schon mal rüber ins Esszimmer. Robert wartet dort bereits."

Wie zu erwarten, ließ sich Val nicht zweimal bitten und stolzierte auf ihren Pumps aus der Küche.

„Du wirst immer besser darin, sie loszuwerden", bemerkte Steven mit Anerkennung in der Stimme.

„Nach allem, was passiert ist, hat sie es nicht anders verdient. Es tut mir nur leid, dass du diese Scharade noch weiter mitspielen musst. Du kannst dir gar nicht vorstellen, wie oft ich mich deswegen mit deinem Dad streite", sagte sie zerknirscht und strich sich eine blonde Haarsträhne, die sich aus ihrem lockeren Dutt gelöst hatte, hinters Ohr.

„Mach dir keinen Kopf, Mom. Bald ist die Show vorbei und es kehrt wieder Ruhe ein."

„Das hoffe ich sehr. Dein Dad macht sich wegen dieser Senatssache ganz schön verrückt."

Steven schenkte seiner Mom ein zerknirschtes Lächeln, dann verfolgte er gedankenverloren, wie sie einige Beilagen auf Platten arrangierte.

Plötzlich schaute Helen mit einem strahlenden Lächeln auf. „Weißt du, dass ich mich dieses Jahr noch mehr als sonst auf den Ball freue? Das Motto lautet Wintermärchen und es ist eine besondere Charity-Aktion zugunsten der Krebshilfe geplant – Dana bekommt dabei Unterstützung von Emily Casey."

Ein amüsiertes Lächeln zeichnete sich auf ihrem Gesicht ab, ehe sie schmunzelnd fortfuhr: „Es gibt keine andere Frau in New York, die die High Society so für ihre Pläne begeistern kann wie Emily. Sogar die geizigsten Geschäftsmänner lassen es sich nicht nehmen, wenn sie zu einem Spendenmarathon aufruft."

„Dann kommt hoffentlich einiges an Geldern zusammen. Die Gästeliste liest sich bestimmt wie das Who-is-Who der Ostküste", bemerkte Steven ebenfalls mit einem Schmunzeln und fuhr nachdenklich fort: „Ich glaube, diesen Namen habe ich letztens schon mal gehört ... Sie hat nicht zufällig etwas mit diesem kleinen Kino in der Upper West Side zu tun?"

Helen sah Steven kurz überrascht an. Während sie sich wieder ihrem Truthahn widmete, antwortete sie lächelnd: „Ganz genau, ihrer Schwiegertochter gehört dieses Kino. Du kennst es?"

Stevens Blick und sein breites Lächeln, das sich bei dem Gedanken an den Abend mit Cathlyn automatisch auf seine Lippen stahl, verrieten ihn, noch bevor er antworten konnte.

„Ah, ich verstehe, die geheimnisvolle Frau", bemerkte seine Mom mit einem liebevollen Blick.

Steven schenkte seiner Mom ein warmes Lächeln, ehe seine Gedanken zum Winterball wanderten.

Irgendwie freute er sich jetzt doch ein wenig darauf. Er würde nicht nur die liebenswürdige Dana Carter nach einer langen Zeit wiedersehen, sondern auch persönlich auf die Caseys treffen, die mittlerweile sein Interesse geweckt hatten.

„Hi, Bruderherz", begrüßte ihn plötzlich seine Schwester, die zunächst im Türrahmen auftauchte und daraufhin ebenfalls die Küche betrat. „Was hat denn die hier schon wieder zu suchen?" Kailey nickte mit dem Kopf in Richtung Esszimmer und schnitt eine Grimasse.

„Val stand plötzlich pünktlich zum Abendessen vor der Tür, um uns mitzuteilen, dass sie auch eine Einladung zum Winterball bekommen hat", klärte Helen ihre Tochter mit einem Augenrollen auf.

„O Mann, diese Frau ist an Dreistigkeit echt nicht zu überbieten", murmelte Kailey und schnappte sich ein Brokkoliröschen von einer der Platten.

„Wem sagst du das?", zischte Steven ihr genervt zu. „Wenigstens musst du sie dir nicht vom Hals halten."

Kailey grinste ihren Bruder frech an. „Als ob dich das stören würde. Täusch ich mich oder hat sie sich heute besonders für dich herausgeputzt?"

Steven schauderte bei der Vorstellung. „Und wenn sie nackt vor mir herumstolzieren würde ..." Doch er ließ seinen Satz unbeendet, als Val auf einmal in der Küche stand.

Mit einem zerknirschten Gesichtsausdruck wandte sie sich an Helen. „Tut mir leid, ich weiß, es ist äußerst unhöflich, aber ich muss wieder los."

„Oh, wirklich? Ist etwas passiert?", fragte Helen sichtlich überrascht.

„Ja, ich muss leider schnell heim“, erwiderte Valerie mit einem nervösen Lachen, dann sah sie Steven mit einem seltsamen Ausdruck in den Augen an. „Sorry, Steven.“

„Klar, kein Problem, geh nur“, erwiderte er ruhig und hoffte, dabei nicht zu euphorisch zu klingen. „Da kann man nichts machen.“

Kurz darauf hatte Val sein Elternhaus eilig verlassen und ließ die Familie verwundert zurück.

„Was war denn das?“, fragte nun auch sein Dad, als er in die Küche kam und zwischen seiner Frau und den Kindern hin und her sah. „Auf einmal hat ihr Handy vibriert und weg war sie.“

Steven atmete tief durch. Er hatte da so eine Ahnung, die ihm trotz allem bitter aufstieß. „Vielleicht wurde für heute Abend noch ganz kurzfristig eine Tennisstunde frei“, presste er zwischen den Zähnen hervor.

Robert brauchte einen Moment, bis er den Sinn dieser Worte erfasste. Entgeistert starrte er seinen Sohn an. „Denkst du wirklich, sie trifft sich weiterhin mit ihrem Liebhaber, während sie auf eine Versöhnung mit dir hofft?“

„Na ja, wenn Stevy den Laden geschlossen hält, dann …“, entfuhr es Kailey mit einem lauten Prusten.

Steven schenkte seiner Schwester einen vernichtenden Blick, bevor er sich emotionslos an seinen Dad wandte. „Siehst du jetzt, zu was sie fähig ist? Pass nur auf, dass Val dir nicht einen Strich durch die Kandidatur macht.“

16

Voller Vorfreude betrat Cathlyn das kleine Café mit dem treffenden Namen *Café on the Corner*, in dem an diesem Freitagnachmittag ihre private Weihnachtsfeier mit den Kollegen stattfand. Da Cathlyn zum ersten Mal hier war, schaute sie sich neugierig um.

Schon auf den ersten Blick erkannte sie, dass es sich um einen kleinen Familienbetrieb und nicht um eine große Kette handelte. Eine Tafel an der Wand hinter dem Tresen pries hausgemachte Waffeln und Pancakes an und in der Auslage gab es eine beeindruckende Auswahl an belegten Brötchen und Gebäck.

Der Duft der frischen Waffeln und des Kaffees lag in der Luft und als sie weiterlief, entdeckte sie Preston, Mary und Darlene, die bereits gesellig zusammensaßen. Die Stühle waren wild gemischt, es gab gemütliche Sessel und sogar ein kleines Bücherregal. Cathlyn fühlte sich in dem kleinen Café sofort willkommen.

„Hallo zusammen. Wow, das ist wirklich ein schnuckeliges Café", begrüßte sie ihre Kollegen, zog ihren Mantel aus und nahm dann neben Preston Platz.

„Du warst noch nie hier?", fragte Darlene erstaunt.

„Nein, leider nicht. Aber ich hätte in dieser Ecke auch kein Café erwartet", bemerkte Cathlyn ehrlich und sah durch die verschneiten Sprossenfenster nach draußen. Von hier aus hatte man einen freien Blick auf die schneebedeckte Straße, in der sich ein *Brownstone* an das andere reihte.

Die denkmalgeschützten Reihenhäuser mit steiler Steintreppe und gusseisernem Geländer übten eine magische Faszination auf sie aus. Während einige der alten Gebäude unbewohnt und etwas düster wirkten, sahen andere mit ihrer Weihnachtsbeleuchtung wiederum so behaglich aus, dass Cathlyn am liebsten einen Blick hineingeworfen hätte. Kurz musste sie schmunzeln, weil sie sich bereits ein zweites Mal innerhalb kürzester Zeit in der Upper West Side befand.

Mary, die ebenfalls einen verträumten Blick nach draußen geworfen hatte, bemerkte in ihre Gedanken hinein: „Wenn ich das nötige Kleingeld hätte, würde ich mir genau hier ein Zuhause suchen – aber das wird wohl für immer ein Traum bleiben."

Eine junge Kellnerin namens Jenny, wie ihr Namensschild verriet, trat plötzlich an den Tisch und nahm nach einer freundlichen Begrüßung die Bestellung auf, die aus mehreren Pastrami-Sandwiches und Salaten bestand, bevor sie wieder zurück zum Tresen eilte.

„Apropos Traum", griff Darlene das Stichwort auf. „Wie läuft es eigentlich mit deinem Prinz Charming? Trefft ihr euch dieses Wochenende wieder?"

Stevens Erwähnung ließ ihr Herz sogleich schneller schlagen. „Leider nein, wir haben beide schon etwas anderes vor." Ein verschmitztes Lächeln zeichnete sich auf Cathlyns Gesicht ab und sie sah die Neugierde in die Augen ihrer Freunde treten. Dann ließ sie die Bombe platzen. „Dana Carter hat mich höchstpersönlich zu ihrem Ball ins Plaza eingeladen!"

Nach einem kurzen Schockmoment fasste sich Preston als Erster. Mit großen Augen fragte er: „Zu diesem Ball, von dem die ganze Stadt spricht? Da kommt nicht jeder rein, die Einladungen sind heiß begehrt!"

„Wow, Cathlyn, das ist ja wie im Märchen", schwärmte Mary mit leuchtenden Augen. „Was wirst du anziehen?"

„Ich habe da ein hübsches hellblaues Empirekleid im Sinn …"

„Nein, bloß nicht! Du kannst doch dort kein Kleid von der Stange tragen", mischte sich Darlene entsetzt ein. „Sonst bist du am nächsten Tag das Gespött der Presse."

„Außerdem brauchst du die passenden Accessoires. Schuhe, Handtasche, Schmuck", fügte Mary energisch hinzu.

Umso mehr ihre Kolleginnen sich hineinsteigerten, desto mehr zerplatzte Cathlyns Traum vom Plaza. Dabei war sie mit ihrem Outfit eigentlich ganz zufrieden gewesen. Auf einmal jedoch bezweifelte sie, dass ihr selbst geschneidertes Kleid mit den eleganten Roben auf dem Ball mithalten konnte.

Cathlyn verzog resigniert das Gesicht. Darlene und Mary hatten recht, sie würde sich dort schrecklich blamieren – und, was noch viel schlimmer wäre, Dana Carter enttäuschen.

„Mmh, ich habe da eine Idee", murmelte Preston auf einmal. „Wer, wenn nicht wir, könnten dir in dieser Notlage besser helfen?"

Cathlyn sah Preston fragend an. Euphorisch fuhr dieser fort: „Wir haben Zugang zum größten Kleiderschrank der Welt und niemand wird sich uns in den Weg stellen.“

Mary zog skeptisch eine Augenbraue nach oben. „Na ja, bis auf die Security vielleicht.“

„Keine Sorge, ich habe noch was gut bei Bo“, erwiderte Preston an Cathlyn gewandt. „Aber solltest du nach 24 Uhr zurückkommen, sind wir geliefert, da beginnt nämlich Victors Schicht.“

„Das ist ja fast wie im Märchen! Fehlt nur noch der Kürbis, der sich in eine goldene Kutsche verwandelt“, bemerkte Darlene aufgeregt und rieb sich dabei freudig die Hände.

„Mit einer Kutsche kann ich zwar nicht dienen“, sagte Preston mit einem Augenzwinkern, „aber daran soll es nicht scheitern.“

„Ich weiß nicht, ist das nicht Diebstahl?“, gab Cathlyn zu bedenken. Von den vielen Informationen und der Tatsache, dass ihre Kollegen schon jetzt Pläne schmiedeten, begann ihr, der Kopf zu schwirren.

Doch Mary unterbrach ihren schwachen Protest und antwortete: „Du bekommst doch sonst auch Kleidung von den Designern zur Verfügung gestellt. Im Prinzip ist das nichts anderes.“

„Genau und von mir bekommst du eine schicke Clutch. So etwas braucht man einfach für einen Ball“, erklärte Darlene mit einem Augenzwinkern.

„Und ich habe rein zufällig letztens ein Paar hübsche Diamantohrringe bekommen, die perfekt zu dir passen würden“, beendete Preston die Planung.

Cathlyn runzelte die Stirn und sah ihre Kollegen nachdenklich an. „Das ist so lieb von euch, aber ich weiß wirklich nicht, ob ich das annehmen kann ...“, startete sie den erneuten Versuch eines Protests.

„Natürlich kannst du das“, antwortete Preston mit resoluter Stimme. „Du wirst bezaubernd auf diesem Winterball aussehen.“

Cathlyns Augen füllten sich mit Tränen, als sie ihre Kollegen liebevoll anblickte. „Ich weiß gar nicht, was ich sagen soll. Vielen Dank, dass ihr mir diesen Abend ermöglicht.“

„Aber, Liebes, keine verdient es so sehr wie du“, bemerkte Mary mit einem warmherzigen Lächeln. „Außerdem kommt so eine Chance nicht oft im Leben.“

Cathlyn nickte andächtig ob ihrer Worte und warf kurz darauf einen entzückten Blick nach draußen, wo dicke Schneeflocken wie in Zeitlupe vom Himmel schwebten.

Wieder hatte sie dieses unerklärliche Gefühl, ihrer Mom ganz nahe zu sein, und die vielen Lichterketten an den roten Sprossenfenstern und im Café selbst verstärkten dies zusätzlich.

„Oh, die Sandwiches kommen“, bemerkte Darlene in dem Moment mit großen Augen und holte Cathlyn zurück ins Hier und Jetzt. „Nach dem Essen wird dann endlich gewichtelt.“

Cathlyn nahm ebenfalls ihren Teller entgegen. Schon beim Anblick der zarten, würzigen Rindfleischstreifen, die ganz puristisch mit Senf und Gurke zwischen zwei Brotscheiben serviert worden waren, lief ihr das Wasser im Mund zusammen.

„Mmh, ein Traum – und hauchdünn geschnitten, genau so, wie ich es mag“, bemerkte Cathlyn nach dem ersten Bissen.

„Ich esse mein Pastrami seit dreißig Jahren nur hier“, erwiderte Preston voller Inbrunst und steckte sich schnell ein herabfallendes Gurkenstückchen in den Mund. „Keiner kann es mit Liams Pastrami aufnehmen. Es heißt, er habe ein uraltes rumänisches Geheimrezept dafür.“

„Moment mal, ich dachte, der Wirt kommt aus Irland?“, fragte Mary verwundert.

„Und ich dachte, Pastrami wäre jüdischen Ursprungs“, mischte sich auch Darlene ein.

„Nein, es kommt definitiv aus Rumänien und wurde von jüdischen Einwanderern nach Amerika gebracht“, klärte Preston die Frauen auf.

„Was du alles weißt, Preston. Ich bin beeindruckt“, bemerkte Mary mit einem anerkennenden Lächeln und sah ihren Kollegen bewundernd an.

„Zugegeben, ich weiß es auch nur, weil Liam es mir gesagt hat“, erwiderte Preston ehrlich und schenkte ihr daraufhin ein schiefes Grinsen.

„Das wäre bestimmt auch etwas für meinen Grandpa. Er mag Geräuchertes ... Und nach diesem Leckerbissen wird er bestimmt nichts Abgepacktes mehr aus dem Supermarkt essen“, mischte sich auch Cathlyn wieder in das Gespräch ein.

„Darauf wette ich! Nimm ihm doch was mit, Liam bietet auch Take-out an“, schlug Preston vor. „Oder ihr kommt mal zusammen zum Essen her, du, deine Großeltern und Prinz Charming. Ich wette, so ein leckeres Pastrami hat auch er noch nicht gegessen.“

Mit einem Schmunzeln schüttelte Cathlyn den Kopf, dann erwiderte sie: „Ich denke, es ist noch etwas zu früh für ein Familienessen. Vorerst bleibt es besser beim Take-out."

Allein bei dem Gedanken an ein gemeinsames Essen wurde ihr ganz anders. Ihre Großeltern waren auf ihre liebenswürdige Weise doch sehr speziell und würden ihr Spiel mit Sicherheit innerhalb kürzester Zeit auffliegen lassen. Doch dazu war sie noch nicht bereit. Sie wollte die Blase, in der Steven und sie steckten, erst noch ein wenig länger genießen.

17

Als Steven am Samstagabend den großen Ballsaal des Plaza betrat, konnte er nur staunen. Der Raum wirkte wie aus einem Wintermärchen. Wohin das Auge reichte, entdeckte er silberne Kerzenleuchter, weiße Stoffbahnen, die wie ein glitzernder Schneeteppich ausgelegt waren, und Gäste in imposanten Roben. Auch er trug heute einen schwarzen Smoking, dazu ein weißes Hemd mit schwarzer Fliege. Noch vor wenigen Augenblicken hatte er sich verkleidet gefühlt, overdressed, aber jetzt erkannte er, dass er mit seinem Tuxedo genau richtiglag.

Mit seinen Eltern bahnte er sich einen Weg durch die Menge, dabei wurde sein Vater echauffiert, als würde es um die nächste Präsidentschaft gehen und nicht um einen Senatsplatz. Wie auf Knopfdruck setzte Robert Hartford sein Zahnpastalächeln auf, das Steven, immer, wenn es zum Einsatz kam, entsetzlich gegen den Strich ging.

Nach gefühlt hundert geschüttelten Händen erreichten sie schließlich Dana Carter. Die Gastgeberin steckte in einer silbernen Robe und trug auf dem Haar, passend zum Motto „Wintermärchen", ein schlichtes Diadem. Dabei wirkte sie so elegant und gütig wie eine echte Königin, was durch ihre anmutige und klassische Schönheit zusätzlich unterstrichen wurde.

Als sein Blick zu Valerie wanderte, die sich mittlerweile neben ihm postiert hatte, gelang es ihm nur mit

Mühe, ein Augenrollen zu unterdrücken. In ihrem rosafarbenen Ballkleid, dessen Ausschnitt viel zu offenherzig war, wirkte sie alles andere als märchenhaft. Die aufgedrehten Löckchen und der Glitzer im Gesicht machten es auch nicht besser. Seine Ex-Verlobte hatte weder Stil noch Ausstrahlung. Alles an ihr wirkte aufgesetzt.

Doch als Dana ihn mit einem herzlichen Lächeln begrüßte und ihm für sein Kommen dankte, besserte sich seine Laune schlagartig. Außerdem schien sie ihm einen mitfühlenden Blick geschenkt zu haben, wenn er das richtig gedeutet hatte. Sie kannte seine Eltern und die High Society schließlich seit Jahren und wusste, dass in diesen Graden nicht alles so war, wie es den Anschein machte.

Mit einem aufmunternden Zwinkern setzte Dana ihre Begrüßungsrunde fort und wenige Augenblicke später nahmen die Hartfords gemeinsam mit Val und deren Eltern ihre Plätze ein.

„Dieses Jahr ist die Dekoration sogar noch hübscher als im letzten Jahr“, bemerkte seine Mom mit einem verträumten Lächeln. „Die Stimmung ist einfach unglaublich.“

„Ich möchte nicht wissen, was das alles gekostet hat“, säuselte Valerie neben ihm und griff mit spitzen Fingern nach einer Blüte. „Aber es kommen heute ja sicherlich ausreichend Spendengelder rein.“

„Dir ist aber schon klar, dass die Spendengelder nicht dafür verwendet werden, oder?“, zischte Steven ihr leise zu.

Für seinen Kommentar erntete er von Val allerdings nur einen verständnislosen Blick und von seinem Dad eine stille Ermahnung.

Mit einem Kopfschütteln drehte er sich weg und sah sich im Saal um. Allein dieser Anblick entschädigte ihn für den Ärger, denn er konnte sich nicht erinnern, jemals auf einem rauschenderen Fest gewesen zu sein.

Sein Blick blieb an dem runden Tisch hängen, an dem Dana Carter mit vier weiteren Personen saß. Sie schien sich angeregt mit ihrer Platznachbarin zu unterhalten. Da Dana sich sicherlich zusammen mit ihren Ehrengästen an einem Tisch platziert hatte, musste es sich dabei um die Caseys handeln. Seine Vermutung bestätigte sich, als die beiden Frauen kurz darauf die Bühne betraten.

„Liebe Freunde, liebe Gäste! Herzlich willkommen zum diesjährigen Winterball im Plaza", begrüßte Dana die Gesellschaft und fuhr, nachdem der Applaus verebbt war, mit ihrer Rede fort. „Ich freue mich sehr, dass wir auch in diesem Jahr wieder für einen guten Zweck zusammengekommen sind und das Vermächtnis meines lieben Henry fortführen." Dana wischte sich verstohlen eine Träne aus dem Augenwinkel, wie er von seinem Platz aus erkennen konnte, bevor sie wieder ein glückliches Lächeln auf den Lippen zeigte. „Aber ich bin heute nicht allein, sondern habe mir Unterstützung von meiner lieben Freundin Emily Casey geholt."

Euphorisches Klatschen erfüllte den Festsaal, dann übernahm Emily Casey mit einem Augenzwinkern das Mikrophon und stellte in wenigen Sätzen mit viel

Herzblut das Charity-Projekt vor, das sie mit Dana betreute.

Ein Schmunzeln überzog Stevens Gesicht. Er war sich sicher, dass die Damen heute mehr als erfolgreich sein würden. Mit seinem Dad hatten sie dieses Jahr einen besonders großzügigen Spender gefunden, denn für Robert Hartford war es eine Selbstverständlichkeit, jenen zu helfen, die im Leben nicht so viel Glück hatten wie er.

Wenige Augenblicke später verließen die Frauen die Bühne wieder und zeitgleich startete das Streichorchester mit dem ersten Lied. Obwohl Steven sonst kein Fan klassischer Musik war, musste er zugeben, dass der langsame Walzer hier perfekt passte.

Wie auf Kommando strömten kurz darauf Kellner in den Saal und servierten mit einer überraschenden Schnelligkeit die Vorspeisen an die rund zweihundert Gäste, bevor sie sich ebenso schnell wieder entfernten.

„Ziegenkäse in Blätterteig?", tönte es auf einmal sehr pikiert von seiner Rechten. „Ich hatte mich so auf Meeresfrüchte gefreut."

Steven ignorierte Vals nölende Stimme und steckte sich den ersten Bissen in den Mund. Dabei dankte er der Gastgeberin im Stillen, dass sie sich für ein für die Upperclass unkonventionelles Gericht entschieden hatte. Er hatte auf den vielen Empfängen in letzter Zeit schon genug Austern und Krabbencocktails gehabt.

Aus dem Augenwinkel bemerkte er, wie Val noch während der Vorspeise nach der Menükarte griff und leise aufstöhnte. „Kalbsröllchen mit Kartoffelsoufflé? Im Ernst?"

Steven schüttelte unmerklich den Kopf, verkniff sich dieses Mal aber einen Kommentar. Stattdessen kam überraschenderweise Unterstützung von Vals Mutter.

„Aber, Liebling, wir sind doch nicht wegen des Essens hier", säuselte sie ihrer Tochter mit einem aufgesetzten Lächeln zu. Den guten Eindruck, den Steven gerade von ihr bekommen wollte, machte sie mit den nächsten Worten jedoch schnell wieder zunichte. „Hier geht es nur ums Sehen und Gesehenwerden – und natürlich um die Charity."

Val trug daraufhin eine missmutige Miene zur Schau, die sich nach einem Blick in die Ferne jedoch schlagartig zu einem strahlenden Lächeln verwandelte. „Achtung, Presse im Anmarsch!", zischte sie Steven zu.

Ehe er sich umsehen konnte, spürte er ihre Hand an seinem Rücken und ihre Locken an seiner Wange. Tief atmete Steven durch, denn es kostete ihn mehr Überwindung, dieses Spiel weiter mitzuspielen, als er erwartet hatte. Besonders seit Val das Haus seiner Eltern so stürmisch verlassen hatte, um sich für ein Stelldichein mit diesem Muskelpaket zu treffen.

Mittlerweile wusste er es mit Sicherheit. Val war am nächsten Morgen so durcheinander gewesen, dass sie ihm statt ihrem Trainer per Sprachnachricht für seinen ausdauernden Einsatz gedankt hatte.

Er warf einen hilflosen Blick zu seiner Linken, von wo aus ihn seine Schwester Kailey amüsiert musterte und mit den Lippen ein böses Wort formte, das er sofort erfasste. Ja, er verkaufte sich für seinen Vater, da war Kailey sehr direkt, aber bald war damit ein für alle Mal Schluss.

Nachdem in der Zwischenzeit der Hauptgang aufgetischt worden war und alle gespeist hatten, erhoben sich seine Eltern nach einer angemessenen Pause, um ebenfalls eine Runde auf dem Parkett zu drehen.

„Schenkst du mir den ersten Tanz, Bruderherz?", fragte Kailey daraufhin mit einem breiten Lächeln, sich der Notlage ihres Bruders offensichtlich bewusst.

„Nichts lieber als das, schließlich kommt es nicht oft vor, dass du dich so herausputzt!"

***

Als Cathlyn mit über einer Stunde Verspätung endlich das Plaza erreichte, verließ sie allmählich der Mut. Plötzlich fühlte sie sich in ihrer hellblauen Robe, für die sie sich letztendlich doch entschieden hatte, nachdem ihre Großmutter ihr gut zugesprochen hatte, und dem aufgesteckten Haar fehl am Platz.

Unsicher stieg sie aus dem Taxi, das sie vor dem Haupteingang herausließ, und lief anschließend über den roten Teppich hinein ins Gebäude. Was würde Dana wohl von ihr denken, dass sie es erst jetzt hierhergeschafft hatte? Aber ihr Chef hatte sie ja unbedingt in letzter Minute für eine Zusatzschicht einteilen müssen.

Nur mit Hilfe von Ruby, Darlene und Mary hatte sie es schließlich geschafft, sich doch noch für den Ball fertig zu machen. Ihre Grandma war deswegen extra nach Manhattan gefahren, um ihr das selbst geschneiderte Kleid und die strassbesetzten Pumps zu bringen, die sie zur Feier des Tages angezogen hatte.

Schuhe, die einmal ihrer Mutter gehört hatten und perfekt zu dem hellblauen Kleid passten.

Im Pausenraum hatte Mary ihr schließlich die Haare hochgesteckt und ihr ein dezentes Make-up verpasst. Cathlyn konnte gar nicht beschreiben, wie dankbar sie den Frauen war ...

Doch als Preston später den Pausenraum mit einer großen, flachen Samtschatulle betreten hatte, hatte sie ihre Tränen nicht länger zurückhalten können. Zusätzlich zu den kleinen Diamantsteckern hatte der Juwelier auch noch das Diamantcollier mit dem *Blauen Magnificent* dabeigehabt und darauf bestanden, dass Cathlyn dieses zum Ball tragen sollte.

Ihre Grandma war aus allen Wolken gefallen, nachdem Preston ihr den Wert des Schmuckstücks zugeflüstert hatte, und hätte ihre Enkelin am liebsten höchstpersönlich zum Ball eskortiert, nur damit ihr auch nichts passierte.

Als Cathlyn nun in der riesigen Empfangshalle des Plaza stand, breitete sich der Nervosität zum Trotz doch ein strahlendes Lächeln auf ihrem Gesicht aus. Erst jetzt realisierte sie, dass sich ihr lang gehegter Traum tatsächlich erfüllte.

Sie folgte den Schildern, die zum großen Ballsaal führten, und sah sich auf dem Weg dorthin neugierig um. Überall waren Brokatvorhänge, stuckverzierte Decken und goldene Lüster zu sehen.

Ihre Aufregung stieg ins Unermessliche, als sie nun auch den Klang des Orchesters registrierte, der dumpf durch die Wände drang. An der VIP-Absperrung machte sie halt, zeigte mit zitternden Fingern ihre Einladung vor, dann löste ein Angestellter die dicke

Kordel, um sie durchzulassen. Mit flauem Magen passierte Cathlyn den privaten Bereich, während sie die kostbare Karte wieder in ihrer Clutch verschwinden ließ.

Nachdem sie schließlich die große Flügeltür erreicht hatte, hinter der die Feier stattfand, drohte ihr Herz unter dem *Blauen Magnificent* zu zerspringen. Cathlyn blieb für einen Moment stehen und atmete tief durch, dann öffneten ihr zwei Livrierte mit einem freundlichen Nicken die Tür. Sie war nur wenige Meter von der imposanten Treppe, die in den Saal hinabführte, entfernt.

Nach einem kurzen Zögern schritt Cathlyn schließlich auf die Schwelle zu und blieb für wenige Sekunden stehen. Schlagartig setzte ihr Herz aus und sie taumelte intuitiv einen Schritt zurück, da ihr der Anblick den Atem raubte. Sie entdeckte festlich gedeckte Tische, Kronleuchter und Paare, die sich auf der Tanzfläche im Takt des Orchesters schwungvoll drehten.

Obwohl sie den Ballsaal bereits von Bildern kannte und sie ihn in ihrer Fantasie noch ein wenig weiter ausgeschmückt hatte, übertraf all das ihre kühnsten Erwartungen. Sie fühlte sich auf einmal wie in einem Filmset oder als wäre sie über ein magisches Portal in eine andere Welt hineingezogen worden.

Sofort spürte sie die zunehmend neugierigen Blicke, die sie von oben bis unten musterten, und hörte das verhaltene Tuscheln hinter vorgehaltener Hand.

Langsam stieg sie die Treppe hinab. Trotz des unbehaglichen Gefühls, das sich schlagartig in ihr ausbreitete, lief sie unsicheren Schrittes weiter und entdeckte direkt Dana Carter, die mit einem überraschten, aber freudigen Lächeln auf sie zueilte. Doch es war nicht Dana, die sie letztendlich als Erste begrüßte, sondern ein umwerfend gut aussehender Mann im Smoking.

„Cathlyn?" Stevens Freude über ihr unerwartetes Zusammentreffen stand ihm förmlich ins Gesicht geschrieben. Sie registrierte seinen bewundernden Blick, der über ihr Kleid streifte und ihr Herz schneller schlagen ließ. „Wow, du siehst atemberaubend aus."

Mit einem überraschten Lächeln sah er sie immer noch ungläubig an, als könnte er nicht so recht glauben, dass sie tatsächlich vor ihm stand.

„Steven", antwortete sie ebenfalls verwundert, während sie sich in seinen blauen Augen verlor. Sie hatte noch nie einen attraktiveren Mann gesehen und mit dem vollen, dunklen Haar und dem umwerfenden Lächeln wäre er der perfekte Prinz Charming für eine Disney-Adaption.

„Würdest du mit mir tanzen?", fragte er, ohne zu zögern und mit einem schiefen Lächeln, bei dem ihr die Knie weich wurden.

„Sehr gerne", erwiderte sie freundlich, dann sah sie zu Dana, die mittlerweile stehen geblieben war und ihr mit einem versonnenen Ausdruck aufmunternd zunickte.

Steven nahm sie an der Hand und gemeinsam gingen sie die wenigen Schritte zur Tanzfläche, vorbei an gaffenden Gästen, die zur Seite stieben. Auch auf der Tanzfläche drängten die Paare zur Seite, die Blicke rätselnd auf Cathlyn und Steven gerichtet. Doch davon bekamen die beiden nur am Rande etwas mit, auch das entgleiste Gesicht eines stattlichen Herren sowie die vor Gift speienden Augen einer Blonden im rosafarbenen Kleid ignorierte Cathlyn gekonnt.

Ein langsamer Walzer setzte ein und Steven führte sie galant übers Parkett. Cathlyn schmolz, als sie seine Hand an ihrem Rücken spürte und sich von ihm im Takt führen ließ. Nie zuvor hatte sie etwas Schöneres erlebt. Seine warmherzigen Augen sahen sie unverwandt an und alles um sie herum rückte in den Hintergrund. Sie fühlte nur noch die Musik und das Kribbeln, das sich in ihr ausbreitete. Sie fühlte sich wie Cinderella.

„Warum hast du mir nicht gesagt, dass du eingeladen bist?", fragte Steven und wirkte noch immer erstaunt.

„Du hast nicht gefragt", erwiderte Cathlyn entschuldigend lächelnd.

Daraufhin lachte er leise. „Ich habe nichts gesagt, weil ich dich nie unter diesen Snobs erwartet hätte", flüsterte Steven mit einem belustigten Grinsen.

Cathlyn zog eine Grimasse und sie drehten sich schneller zum Takt der Musik, die jetzt Tempo aufgenommen hatte. Der aufgebauschte Tüll ihres Kleides raschelte zwischen ihren Beinen und ihr Dekolleté hob und senkte sich unter ihren schnellen Atemzügen.

Aus dem Augenwinkel registrierte sie, dass sich mittlerweile wieder einige Paare aufs Parkett gewagt hatten, sich aber dezent im Hintergrund hielten, sodass Steven und sie immer noch im Mittelpunkt standen. Mehrere Fotografen, die sich bis auf die Tanzfläche gedrängt hatten, begannen, Fotos von ihnen zu knipsen, als gäbe es kein Morgen.

Cathlyn wurde diese ungeteilte Aufmerksamkeit zunehmend unangenehmer, doch Steven schien damit kein Problem zu haben. Im Gegenteil, er wirkte beinahe so, als wollte er allen zeigen, wie glücklich er war.

„Ich glaube, du wirst heute die meistfotografierte Frau des Abends sein", stellte er amüsiert fest. Als Cathlyn jedoch schlagartig stehen blieb, schlich sich ein besorgter Ausdruck auf sein Gesicht. „Alles ok, Cathlyn?"

Unbehaglich fasste sie nach ihrem Collier, das plötzlich wie Feuer auf ihrer Haut brannte. Die vielen Fotos, die morgen in der Presse sein würden, könnten für mächtig Ärger sorgen. „Ich ... ich muss jetzt gehen", stammelte sie panisch. „Preston wird wegen mir Probleme kriegen."

Auf dem Absatz drehte sie sich um und ließ einen sichtlich verwirrten Steven auf dem Parkett stehen. Eilig raffte Cathlyn ihre Röcke und hastete, so schnell es ihr Kleid erlaubte, die Treppe nach oben. Sie hätte damit rechnen müssen, dass man sie ablichtete, und den *Blauen Magnificent* gleich mit dazu.

Atemlos erreichte sie die Schwelle der Treppe, dann wurde ihr die Tür geöffnet. Ohne sich noch einmal nach Steven umzudrehen, eilte sie den langen Korridor in Richtung Ausgang hinunter und ihr Blick fiel auf eine große goldene Uhr in der Eingangshalle. Noch dreißig Minuten bis Mitternacht.

Erschrocken weiteten sich ihre Augen, als ihr klar wurde, dass es allerhöchste Zeit war zu gehen. Wo waren die letzten zwei Stunden nur geblieben? Sie war doch eben erst gekommen! Panik breitete sich in ihr aus bei dem Gedanken, zu spät bei Macy's anzukommen. Ihre Freunde hatten so viel für sie riskiert.

Stevens energische Stimme, die plötzlich durch den Korridor hallte, riss sie aus ihrem Gedankenstrudel. „Cathlyn, bleib bitte stehen!"

Für einen Moment war sie wie erstarrt, sah zwischen ihm und der Drehtür, bei der sie inzwischen angekommen war und die nach draußen führte, hin und her. Dann fiel ihr Blick voller Erleichterung auf das gelbe Taxi, das direkt hinter der Scheibe parkte.

Cathlyn setzte sich wieder in Bewegung und unterdrückte das schlechte Gewissen, das sie plötzlich wegen Steven empfand. Nach wenigen Schritten erreichte sie den Ausgang, stolperte regelrecht die Treppen hinunter und riss die Tür des Taxis auf.

„Zu Macy's, bitte." Atemlos sank sie in den Sitz, atmete erleichtert auf und bemerkte erst ein paar Herzschläge später, dass sie nur noch einen einzelnen Schuh an den Füßen hatte.

Erschrocken drehte sie sich um und erkannte aus dem sich entfernenden Auto heraus, wie Steven auf die Straße eilte, sich nach dem strassbesetzten Schuh bückte und ihr fassungslos nachsah.

18

Als Cathlyn am nächsten Morgen die Stufen zum Wohnzimmer hinabstieg, war ihr sofort klar, dass irgendetwas nicht stimmte. Ihre Großeltern saßen auf dem Sofa und starrten wie gebannt auf den Fernseher. Das kam an einem Sonntagmorgen vor dem Frühstück normalerweise nie vor – außer es handelte sich um eine nationale Katastrophe.

Langsam kam sie näher, murmelte ein „Guten Morgen", dann hörte sie auch die reißerische Stimme der Moderatorin, die sich immer mehr in die Berichterstattung hineinsteigerte.

Erstarrt blieb Cathlyn neben ihrer Grandma stehen, als sie sich selbst auf dem Bildschirm erkannte. Es war eine Aufnahme von ihr und Steven beim Tanzen. Daneben prangte ein Bild von Steven mit einer hübschen Blonden. Darunter blinkte ein auffälliger Schriftzug mit der Information „Hartfords öffentlicher Betrug" und die Worte „Verlobte eiskalt abserviert".

Cathlyn wurde übel. Das konnte nicht wahr sein. Steven würde sie nie betrügen, dafür war er nicht der Typ ... oder doch? Streng genommen kannte sie ihn schließlich kaum.

Als sie das Programm weiterverfolgte und ihr klar wurde, welches Spiel er die ganze Zeit über gespielt hatte, begann sie zu zittern – ob vor Wut oder Enttäuschung konnte sie nicht sagen. Sie hatte sich in ihrem ganzen Leben noch nie so gedemütigt gefühlt.

Als anschließend auch noch ein Sonderbeitrag über den *Blauen Magnificent* folgte, musste Cathlyn sich setzen.

Plötzlich sprang ihr Grandpa vom Sofa auf und warf einen neugierigen Blick aus dem Fenster.

„Alles in Ordnung, Frank?", fragte Ruby, als ihr Mann kurz darauf die Tür aufriss und auf die Veranda hinaustrat.

„Ich suche nur die goldene Kutsche. Ach nein, warte, die hat sich um Schlag Mitternacht bestimmt schon in einen dicken Kürbis zurückverwandelt!" Grinsend drehte er sich wieder zu den beiden Frauen.

Ruby schüttelte mit einem Augenrollen den Kopf und forderte ihren Mann mit einem Schmunzeln auf: „Komm wieder rein, du Witzbold."

Frank schloss die Tür und sah seine Enkeltochter mit einem tadelnden Blick an. „Sag mir nicht, dass du nicht gewusst hast, dass er verlobt ist. Sogar ich weiß es ... Er ist Steven Hartford, sein Vater wird bald unser nächster Senator!"

Endlich löste Cathlyn den Blick vom Fernseher und sah ihren Großvater überrascht an. Seine Worte versetzten ihr einen Stich und trieben Tränen in ihre Augen. „Dass du mir so etwas unterstellst, verletzt mich noch mehr als die Tatsache, dass Steven mich belogen hat."

Ruby warf ihrem Mann einen vernichtenden Blick zu, ehe sie Cathlyn in die Arme zog und ihr beruhigend über den Rücken streichelte. „Diese reichen Schnösel sind alle gleich. Denken, sie können mit uns einfachen Leuten machen, was sie wollen."

Unter Schniefen antwortete Cathlyn: „Aber er war ganz anders. Ich hatte keine Sekunde den Eindruck, dass er mir etwas vormacht."

Frank kam mit einem zerknirschten Lächeln auf Cathlyn zu und setzte sich neben sie auf die Sofalehne. „Es tut mir leid, mein Schatz. Ich wollte dich nicht verletzen. Verzeihst du mir?"

Cathlyn fiel ihrem Grandpa um den Hals und ließ ihren Schluchzern freien Lauf. Sie konnte ihm nicht böse sein, wollte nur in seinen Armen versinken und Stevens Verrat vergessen.

„Ich bin einfach so wütend! Schau ihn dir nur an." Frank schleuderte einen verärgerten Blick auf die Mattscheibe und fuhr mit einem Kopfschütteln fort: „Er ist genauso ein Blender wie sein alter Herr. Diese Schnösel der High Society werden schon von Kindesbeinen an darauf trainiert, eine Show abzuziehen. Wenn ich dieses Zahnpastalächeln von dem Alten nur sehe, könnte ich ihm auf der Stelle einen linken Haken verpassen."

„Und seine Verlobte hat alles mit angesehen. Wie muss sie sich bloß fühlen?", bemerkte Cathlyn laut schniefend, als sie sich wieder dem Programm zuwandte.

Die drei verfolgten für wenige Minuten stumm den nächsten Beitrag, der sich wieder um das Diamantcollier drehte, danach wurden von den beiden Moderatoren wilde Spekulationen über Cathlyns Herkunft angestellt.

„Nein, du bist keine Prinzessin aus Europa, die hier Urlaub macht. Die haben aber auch eine blühende

Fantasie, das muss man ihnen lassen", bemerkte Ruby mit einem Schmunzeln.

„Aber sie sieht aus wie eine richtige Prinzessin", schwärmte Frank voller Stolz, als Cathlyn wieder in Großaufnahme gezeigt wurde. „Und die Schuhe deiner Mutter passen perfekt zu dem Kleid."

„Leider habe ich den zweiten Schuh auf der Treppe verloren, als ich vor Steven geflohen bin", antwortete Cathlyn bedrückt.

„Keine Sorge, dafür hast du ja deine Grandma. Ich werde diesem Bürschchen höchstpersönlich eine Nachricht hinterlassen, die sich gewaschen hat. Und wenn er den Schuh deiner Mutter nicht wieder herausrückt, bekommt er es mit uns zu tun, stimmt's, Frank?", polterte Ruby voller Entschlossenheit.

„Darauf kannst du Gift nehmen!" Frank wandte sich nun mit einem liebevollen Lächeln an seine Enkeltochter und sah sie ernst an. „Vergiss diesen Kerl, er hat dich ohnehin nicht verdient! Du hast Klasse und Stil und kannst jeden haben, sogar einen richtigen Prinzen aus Europa."

Doch der Satz ihres Großvaters tröstete sie nicht wirklich über ihre Enttäuschung hinweg. Steven ging ihr schon nach dieser kurzen Zeit viel zu sehr unter die Haut. Allein der Gedanke an sein charmantes Lächeln und die Erinnerung an seine Blicke, wenn er sie musterte, lösten Gänsehaut bei ihr aus. Cathlyn schluckte. Es war zu spät. Sie hatte sich bereits unsterblich in Steven verliebt.

„Komm, lass uns rüber in die Küche gehen, Schatz. Ein heißer Tee und eine ordentliche Portion French

Toast sind jetzt genau das Richtige für dich", schlug Ruby in heiterem Tonfall vor.

Cathlyn starrte immer noch auf den Bildschirm, bis Frank dem Ganzen endlich ein Ende setzte, indem er ihn kurzerhand ausschaltete. „Deine Grandma hat recht, du brauchst was Warmes im Magen. Dann sieht die Welt gleich wieder ganz anders aus."

Endlich stand Cathlyn auf und folgte ihren Großeltern in die gemütliche Küche, wo sie auf einem Stuhl Platz nahm.

Stumm verfolgte sie, wie ihre Grandma Eier aus dem Kühlschrank holte, diese aufschlug und in einer kleinen Schüssel verquirlte. Schließlich schnappte sie sich mehrere Toastscheiben, tunkte sie hinein und ließ sie in der heißen Pfanne brutzeln. Doch mit den Gedanken war Cathlyn weit weg. War sie für Steven nur ein kleines Abenteuer gewesen? Wenn man es überhaupt so nennen konnte, denn mehr als ein Kuss war zwischen ihnen ja nicht vorgefallen.

Wieder sah sie seine blauen Augen vor sich, die sie so fasziniert angesehen hatten. Sogar jetzt noch fühlte sie das berauschende Gefühl, als er sie in den Armen gehalten und übers Parkett geführt hatte.

Als ihre Gedanken wieder zu dem paillettenbesetzten Pump wanderten, kamen ihr nur noch die Tränen. Es konnte doch gut sein, dass er den Schuh schon längst entsorgt hatte.

„Ach, Cathlyn, wenn ich dir doch nur irgendwie helfen könnte." Ruby erschien plötzlich neben ihr und sah sie mit einem betrübten Ausdruck auf dem Gesicht an. Fest schloss sie ihre Enkeltochter in die Arme. „Es

wird schon alles gut werden, davon bin ich fest
überzeugt."

Cathlyn wollte ihrer Großmutter so gerne glauben,
doch umso mehr sie über ihren Kinobesuch und das
gemeinsame Eislaufen mit Steven nachdachte, desto
trauriger wurde sie. Die beiden Dates waren einfach
perfekt gewesen und jetzt sollte alles vorbei sein?

Die Tränen brannten ihr heiß in den Augen. Sie
wollte einfach nicht glauben, dass sie so leicht auf ihn
hereingefallen war. Da traf sie endlich ihren Prinz
Charming und direkt nach dem Ball sollte das Märchen
schon wieder vorbei sein?

***

„Was muss Cathlyn jetzt von mir denken? Dieser Mist
kommt auf allen Kanälen!" Wutentbrannt knallte
Steven die Fernbedienung zurück auf den Tisch und
lief nervös im Wohnzimmer seiner Eltern auf und ab.

„Das ist deine größte Sorge? Ist dir überhaupt klar,
dass meine Kandidatur dadurch ernsthaft in Gefahr
ist?", schleuderte Robert seinem Sohn ebenso
wutentbrannt zurück. „Da taucht plötzlich eine
‚unbekannte Märchenprinzessin' auf dem Ball auf und
du vergisst jeglichen Anstand! Ich dachte nicht, dass
man dich so einfach manipulieren kann."

„Aber sie war ja auch wunderschön", mischte sich
Kailey mit einem verträumten Blick ein. „Wie sie so
anmutig die Treppe herunterkam und von allen nur
noch angestarrt wurde. Wundert es dich, dass Steven
von ihr verzaubert war?"

Robert schenkte seiner Tochter nur einen
verständnislosen Blick, dann wandte er sich an seine

Frau. „Bin ich eigentlich der Einzige hier, der noch normal ist?“

„Die Liebe sucht sich immer ihren Weg“, antwortete Helen mit geheimnisvoller Stimme, bevor sie ihren Sohn liebevoll ansah. „War das die junge Dame, von der du mir neulich erzählt hast?“

„Ganz genau, Mom. Das ist Cathlyn.“ Schlagartig war die Wut auf seinen Vater vergessen und ein strahlendes Lächeln breitete sich auf seinem Gesicht aus. Mit einem entschuldigenden Blick wandte er sich kurz darauf an Robert: „Tut mir leid, dass ich deine Pläne durchkreuzt habe, aber ich habe dein Spiel lange genug mitgespielt. Abgesehen davon, wenn du ehrlich zu dir bist, geht Val dir mittlerweile doch auch ganz schön auf den Sack.“

Als von Robert keine Antwort kam, fuhr Steven voller Leidenschaft fort: „Im Moment ist mir nur eines wichtig: dass ich Cathlyn von der Wahrheit überzeugen kann und sie mich nicht als dieses Arschloch sieht, für das mich die Medien ausgeben.“

Robert schüttelte immer noch fassungslos den Kopf, schließlich erwiderte er nach einer Pause: „Wer ist sie überhaupt und wo kommt sie her? Mir scheint, als würde ich sie von irgendwo kennen.“

„Nein, Dad, das glaube ich nicht. Sie verkehrt nicht in unseren Kreisen. Viel kann ich dir allerdings nicht über sie erzählen, außer, dass sie Modedesign studiert, einen tollen Sinn für Humor hat und absolut fantastisch ist.“

Robert schien angestrengt über die Frau zu rätseln, die ihm einen Strich durch die Senatskandidatur gemacht hatte, dann fuhr er nachdenklich fort: „Es muss vor vielen Jahren gewesen sein, auf einem Empfang in den Hamptons. Sie erinnert mich irgendwie an die Gastgeberin von damals und ich meine, dort auch ein kleines Mädchen gesehen zu haben."

Helen sah ihren Mann mit einem überraschten Ausdruck an. „Ich weiß nicht, wen du meinst, Robert. Außerdem waren wir seit über zwanzig Jahren nicht mehr in den Hamptons auf einem Empfang. Da bringst du sicher etwas durcheinander."

Robert sah stirnrunzelnd aus dem Fenster. „Wie dem auch sei", erwiderte er nach einer kurzen Pause, seufzte tief und rieb sich mit Daumen- und Zeigefinger die Nasenwurzel. „Jetzt gilt es erst einmal, Schadensbegrenzung zu betreiben. Lade deine Märchenprinzessin hierher zum Essen ein und im Anschluss geben wir eine öffentliche Stellungnahme ab. Und was Val angeht, veröffentlichen wir, dass sie dich schon vor einiger Zeit betrogen hat und du mit diesem Umstand einfach nicht mehr leben konntest."

„Nein, Dad, es ist genug", antwortete Steven bestimmt und sah ihn mit festem Blick an. „Vielleicht habe ich mich nicht klar genug ausgedrückt, aber ab sofort ist Schluss damit. Halte mich und Cathlyn einfach aus deinem Politzirkus heraus."

Robert sah Steven für einen Moment nachdenklich an, bis er sich abwandte und zum Fenster hinüberlief, hinter dem ein starker Schneesturm tobte. Nach unendlichen Minuten drehte er sich schließlich um. „Wisst ihr, dass ich mich in den letzten Monaten kaum noch wiedererkenne? All diese Termine in letzter Zeit, die Angst, etwas Falsches zu sagen ... Ich schlafe seit Wochen kaum noch und meine Gedanken drehen sich permanent nur um die Kandidatur."

Steven wechselte einen überraschten Blick mit seiner Mom und Kailey. Es grenzte beinahe an ein Wunder, dass Robert Hartford mit sich haderte.

„Und wenn ich es tatsächlich schaffen sollte, die Wahl zu gewinnen, würde ich den Großteil meiner Zeit nur noch in Washington verbringen. Dabei sehen wir uns jetzt schon kaum noch."

Helen lief mit einem warmen Lächeln zu ihrem Mann hinüber und schloss ihn in die Arme. „Robert, mein Liebling. Denkst du, mir ist nicht aufgefallen, wie du dich nachts immer aus dem Zimmer geschlichen hast? Ich mache mir ernsthafte Sorgen um dich."

Unmerklich zuckte Robert zusammen, dann sah er seine Frau schuldbewusst an und antwortete zögernd: „Ich habe dir bis jetzt noch nichts davon erzählt, mein Liebling, weil ich dich nicht beunruhigen wollte, aber …"

Mit sorgenvoller Miene schob Helen ihren Mann etwas von sich, um ihn anzusehen, ehe sie mit erstickter Stimme fragte: „Bist du etwa krank, Robert?"

Steven sah erschrocken zu Kailey und gemeinsam gingen sie, nun ebenfalls beunruhigt, auf Robert zu, ehe dieser weitersprach.

„Ich hatte in letzter Zeit immer wieder dieses Stechen in der Brust und leichten Schwindel … Es ist nichts Schlimmes, aber der Arzt meinte, wenn ich nicht schleunigst einen Gang zurück schalte, könne er mich nicht mehr mit einem gut gemeinten Rat nach Hause schicken."

Die Worte ließen den Stein, der sich langsam in Stevens Herz gedrückt hatte, schnell wieder verschwinden. Ein Seufzer der Erleichterung entwich ihm.

„Oh, Robert. Wie konntest du mir das nur verschweigen?", tadelte Helen ihren Mann mit Tränen in den Augen.

„Gott sei Dank war es nur ein Warnschuss, Dad", bemerkte Steven und klopfte seinem Vater fürsorglich auf die Schulter. „Aber ausgerechnet jetzt, kurz vor den Wahlen, einen Gang zurückschalten ... das wird schwierig."

Robert schenkte seiner Familie ein zerknirschtes Lächeln und zuckte mit den Achseln. „Vielleicht sollte ich die Kandidatur einfach hinschmeißen und mich wieder auf meine Anfänge besinnen. Diese Emily Casey hat mich mit ihrer Charity auf eine Idee gebracht und ich denke, dass man mich hier in New York ebenso gut gebrauchen kann wie im Senat."

„Meinst du das ernst, Robert?" Helen sah ihren Mann an, als wäre er von allen guten Geistern verlassen. „So kurz vor dem Ziel willst du aufgeben?"

Robert verzog das Gesicht. „Tatsächlich überlege ich schon seit einiger Zeit, was das Beste für uns ist."

Sie stutzte kurz und fragte anschließend vorsichtig: „Wenn es wirklich das ist, was du willst, Robert?"

Robert sah seine Frau nachdenklich an und erwiderte mit fester Stimme: „Ja, es wird Zeit, dass wir dem ganzen Zirkus ein Ende setzen. Noch ist es nicht zu spät und für meine Gesundheit wird es sicher auch das Beste sein."

Kailey fiel ihrem Vater stürmisch um den Hals, dann drückte sie ihm einen dicken Schmatz auf die Wange. „Endlich bist du wieder der Alte, Dad!" Freudestrahlend drehte sie sich zu Steven um. „Und das haben wir alles nur Cathlyn zu verdanken!"

Steven starrte seinen Dad ungläubig an. Er konnte selbst noch nicht glauben, was er da soeben gehört hatte.

Nachdenklich wandte er sich ab und lief zur Bar hinüber, um sich ein Glas Gin einzuschenken. Die Neuigkeit, dass sein Dad einfach so hinschmiss, musste er erst einmal sacken lassen. Plötzlich realisierte er, was das für ihn bedeutete: Es würde endlich wieder Normalität in ihr Haus einkehren – und auch Val wäre für immer Geschichte.

Mit einem breiten Lächeln drehte er sich um. „Darauf sollten wir anstoßen, was meint ihr?"

Robert kam freudig auf ihn zu. „Nichts lieber als das. Und ich hoffe, mein Sohn, du trägst mir nicht zu lange nach, dass ich dich so involviert habe. Damit ist jetzt ein für alle Mal Schluss."

Steven schenkte seinem Dad ebenfalls von dem Gin ein und klopfte ihm auf die Schulter. „Ich nehme dich beim Wort, Dad."

Gemeinsam stießen sie kurz darauf an und besiegelten damit ihre neue Abmachung.

19

Am nächsten Montagmorgen hätte sich Cathlyn am liebsten in der erstbesten Umkleide verkrochen und sich dort bis zum Feierabend verbarrikadiert. Sie sah heute nicht nur erbärmlich aus, sondern fühlte sich auch, als sei jegliche Kraft aus ihrem Körper gewichen. Stevens Verrat saß immer noch so tief, dass ihr das Herz schmerzte. Warum hatte sie die Warnzeichen nicht früher gesehen?

Jetzt, im Nachhinein, wunderte es sie nicht mehr, dass er sie für ihr erstes Date in eine Gasse geschleppt hatte, die so versteckt lag, dass nicht einmal Google Maps sie auf Anhieb anzeigte. Außerdem ging heutzutage kaum jemand mehr in ein Kino, das nur einen Saal besaß und lediglich Klassiker abspielte – außer natürlich eine Person, die nicht entdeckt werden wollte. Steven hatte auf die Romantikkarte gesetzt und sie war darauf hereingefallen, obwohl die Location nur eine Farce gewesen war.

Cathlyn legte gedankenverloren einige Cardigans zusammen und ordnete sie neu auf dem Präsentationstisch an. Sie hätte sich denken können, dass ein Mann mit seinem Aussehen schon längst vergeben war. Solche Männer blieben nie lange unbesehen auf dem Markt, vor allem nicht, wenn sie von Beruf Anwalt waren und der alteingesessenen Oberschicht angehörten. Es würde sie nicht weiter wundern, wenn seine Verlobung mit Val schon vor vielen Jahren von den befreundeten Familien besiegelt worden war.

Cathlyns Gedanken wanderten zu der gehörnten Verlobten, die ihr nicht mehr aus dem Kopf ging. Die Blondine hatte noch gestern Abend unter Tränen ein Exklusivinterview gegeben und dem Publikum gestanden, dass sie ihrem Verlobten diesen Fauxpas noch einmal verzeihen wolle. Währenddessen hatte Steven sie unverschämterweise mit Anrufen und Nachrichten bombardiert. Irgendwann hatte sie ihr Handy einfach unbesehen ausgeschaltet und sich in den Schlaf geweint.

„Das gibt's doch nicht!" Beim Klang der Stimme, die einer Mischung aus Überraschung und Gehässigkeit nahekam, zuckte Cathlyn automatisch zusammen. Erschrocken drehte sie sich um. Vor ihr stand keine andere als die leibhaftige Verlobte, Valerie, wie sie durch die Nachrichten wusste, die gestern noch am Boden zerstört gewesen war. Heute war davon allerdings nicht mehr viel übrig. Die Blondine war perfekt gestylt und wirkte wie das blühende Leben, während etliche Einkaufstaschen an ihren Armen baumelten.

„Na sieh mal einer an", fuhr sie mit einem süffisanten Grinsen fort. „Wen haben wir denn hier?"

Valerie tänzelte aufgeregt um Cathlyn herum und wirkte dabei, als hätte sie gerade den Jahrhundert-Jackpot geknackt.

„Es tut mir alles so furchtbar leid", stammelte Cathlyn verlegen und schluckte schwer. Mehr als diesen Satz brachte sie im Moment nicht zusammen.

„Sie sind nur eine Verkäuferin bei Macy's?", fragte Val ungläubig und verfiel in ein lautes Gackern. „Der tiefe Fall der Märchenprinzessin – das wäre mal eine Schlagzeile."

„Bitte glauben Sie mir, ich hatte keinen blassen Schimmer, dass Steven verlobt ist", rechtfertigte Cathlyn sich flehend.

Sie spürte den abschätzigen Blick, mit dem Val sie daraufhin bedachte, und fühlte sich auf einmal wie ein lästiges Insekt, das man mit wenig Aufwand einfach so auslöschen könnte.

„Pah, Steven kam Ihnen doch gerade recht. Ein wohlhabender Mann, der Sie aus ihrem erbärmlichen Leben und Ihrem armseligen Job herausholt", fuhr Valerie voller Gehässigkeit fort und tippte Cathlyn mit dem Finger gegen die Brust.

Für einen Moment verschlug es Cathlyn die Sprache, dann erwachte jedoch der Kampfgeist in ihr. Sie war schließlich eine Jones und vermutlich deutlich besser aufgestellt als dieser Hungerhaken mit den dünn aufgemalten Augenbrauen. Und als erbärmlich hatte sie ihr Leben noch nie empfunden. Plötzlich übertrug sich die Wut, die sie in den letzten Tagen für Steven empfunden hatte, auch auf Val.

„Jetzt halt mal schön den Ball flach, Schätzchen", setzte Cathlyn ganz in Ruby-Manier an und klang dabei auch genauso wie ihre Grandma, wenn sie sich am Wühltisch lauthals zur Wehr setzte. „Mein Leben ist weder erbärmlich noch armselig und im Vergleich zu dir habe ich wenigstens echte Augenbrauen."

Valerie schnappte nach Luft, doch ehe sie antworten konnte, schleuderte Cathlyn ihr den nächsten Satz entgegen. „Behalte deinen Verlobten, denn weißt du, was: Ihr passt zusammen wie Arsch auf Eimer!"

Cathlyn drehte sich mit einem breiten Grinsen um – und prallte prompt gegen ihren Chef, der sie mit offenem Mund schockiert anstarrte.

Intuitiv schreckte sie zurück und sah ihren Boss entgeistert an. Dieser Mann besaß offensichtlich das unnütze Talent, sich immer im unpassendsten Zeitpunkt anzuschleichen.

Cathlyn rechnete jede Sekunde mit der unvermeidlichen Strafpredigt, die nun folgen würde. Doch nach einem kurzen vernichtenden Blick und den zischenden Worten: „Wir sprechen uns in meinem Büro, und zwar sofort", eilte ihr Boss an ihr vorbei und zu Val. Diese echauffierte sich bei Mr Hector natürlich gleich über Cathlyns unmögliches Verhalten und drückte sogar ein paar Tränen zum Beweis heraus.

Betrübt machte sich Cathlyn auf den Weg zum Büro und nahm nur noch vereinzelte Wortfetzen und das Wort „Magnificent" wahr. Schlagartig blieb sie stehen und wurde kurz darauf von ihrem Boss zurückbeordert. Ihr schwante Böses, als sie nun auf die beiden zulief und Vals selbstgefälliges Grinsen und den hochroten Kopf ihres Bosses bemerkte.

„Wie gesagt, Ihre Angestellte ist nicht nur unverschämt, sondern auch eine Diebin", soufflierte Val dem kleinen, glatzköpfigen Mann zu. „Sie hat den *Blauen Magnificent* auf dem Winterball von Dana Carter getragen!"

Entgeistert sah Cathlyn die andere Frau an, während ihr das Herz bis zum Hals pochte und sich ihre

Gedanken wild überschlugen. Sie saß in der Falle und es war zu spät.

„Ist das wahr, Ms Jones? Sie haben sich an dem 20-Millionen-Dollar-Collier bedient und sich so den Zugang zum Ball erschlichen?" Die Worte schleuderten ihr wie spitze Pfeile entgegen.

„Ich habe mir gar nichts erschlichen", entgegnete Cathlyn mit fester Stimme. „Ich hatte eine persönliche Einladung von Mrs Carter."

„Pah, dass ich nicht lache. Machen Sie sich nicht lächerlich, warum sollte Mrs Carter ausgerechnet Sie zum Ball einladen?", erwiderte ihr Boss mit einem schallenden Lachen, in das Val lauthals mit einfiel. Dann sah er Cathlyn stechend an und fragte: „Also geben Sie den Diebstahl zu?"

„Ich gebe zu, dass ich mir das Collier *geliehen* habe, ja", antwortete Cathlyn mit einem letzten Fünkchen Stolz, ehe sie sich umdrehte und sich auf den Weg ins Personalbüro machte.

20

Das Bild ihrer Mom verschwamm durch ihren Tränenschleier, schließlich legte Cathlyn das Foto behutsam zurück in die Schachtel mit den Erinnerungen. Sie hatte sich in ihrem ganzen Leben noch nie so verloren und einsam gefühlt, dass es nicht einmal ihre Großeltern und ihr Dad vermochten, sie aus diesem tiefen, dunklen Loch herauszuholen.

Seit der Kündigung vor zwei Tagen erlebte sie alles wie in einem unwirklichen Traum. Sie schlief, weinte und aß wie ein Spatz, zu mehr war sie nicht imstande. Sie konnte immer noch nicht begreifen, dass ihre Zeit bei Macy's mit der fristlosen Kündigung ein abruptes Ende genommen hatte. Nur widerwillig erinnerte sie sich an das Gespräch mit der Personalchefin und ihrem Boss, in dem es zuerst um ihren Umgang mit Valerie gegangen war und dann um ihren „Diebstahl".

Danach hatte man Preston hinzugerufen und war seiner Version der Geschichte gefolgt, die sich wiederum ganz anders angehört hatte. Der alte Juwelier hatte bis zuletzt voller Inbrunst versucht, seine junge Kollegin zu verteidigen, und sogar die Schuld auf sich genommen.

Letztendlich jedoch hatte es für Cathlyn die fristlose Entlassung und für Preston eine Abmahnung gegeben, die allein seinen dreißig Jahren Betriebszugehörigkeit geschuldet war. Dennoch quälte Cathlyn das schlechte Gewissen, dass er seinen guten Ruf ihretwegen aufs Spiel gesetzt hatte und seinem langjährigen Arbeitgeber mit dieser Aktion für immer im Gedächtnis bleiben würde.

Die Tatsache, dass ihre Zeit bei Macy's jetzt für immer vorbei war, schmerzte sie beinahe noch mehr als Stevens Betrug. Mit der Kündigung war auch der kleine Teil in ihr gestorben, der sie an Weihnachtswunder hatte glauben lassen.

Cathlyns Blick fiel auf ihr Handy, das mal wieder auf der Bettdecke vibrierte, dann öffnete sie aus einem Impuls heraus Stevens Nachricht.

Es ist nicht so, wie es aussieht, Cathlyn. Valerie und ich haben uns bereits vor Wochen getrennt.

Kraftlos schaltete sie ihr Handy aus und legte sich aufs Bett. Reglos starrte sie auf die Lichterkette, die an den Dachbalken entlanglief. Wieder kamen ihr die Tränen, als sie an ihre Mutter und das trostlose Weihnachtsfest dachte, das ihr bevorstand. Sie hätte sich am liebsten bis Neujahr in ihrem Zimmer verbarrikadiert, doch das konnte sie ihren Großeltern nicht antun. Ihre Grandma war ebenfalls untröstlich und tat ihr Bestes, um Cathlyn etwas aufzuheitern.

Ein leises Klopfen an der Tür kündigte ebendiese an, kurz darauf trat Ruby bereits ein. „Ach, Liebes, komm doch runter zu uns. Hier oben wird es doch nur noch schlimmer", bemerkte sie mit einem besorgten Blick auf ihre Enkeltochter. „Das Essen ist fertig. Vielleicht können wir uns danach auch einen Film zusammen ansehen."

„Ich habe keinen Hunger und romantische Weihnachtsfilme sind im Moment das Letzte, was mich interessiert."

Ruby setzte sich aufs Bett und fuhr unbeirrt fort: „Ich weiß, ich wiederhole mich. Aber sieh das Positive in deiner Situation. Jetzt kannst du endlich mit deinem Modedesignstudium beginnen."

Doch Cathlyn war in Gedanken weit weg, bis sie plötzlich fragte: „Gibt es Neuigkeiten wegen des verlorenen Schuhs?"

„Nein, leider nicht, mein Schatz. Ich bin untröstlich, aber an diese Hartfords kommt man gar nicht so leicht ran wie gedacht." Mit heiterer Stimme fuhr Ruby fort: „Wenn du ihm eine Nachricht schreibst, kann er dir den Schuh vielleicht schicken."

„Dann hat er aber meine Adresse und ich denke nicht, dass er sich darauf einlässt, ohne mit mir zu reden", erwiderte Cathlyn mit matter Stimme.

Ruby senkte betrübt die Lider und bemerkte traurig: „Solche Dinge mit verlorenen Schuhen und Happy Ends gibt es wohl nur im Märchen. Hier in New York wollen die Prinzen immer nur reden."

„Ach, Grandma, du hast ja so recht." Cathlyn griff nach Rubys Hand und drückte sie kurz, bevor sie mit einem dicken Kloß im Hals sagte: „Ich kann nicht glauben, dass ich bis auf Weiteres Hausverbot bei Macy's bekommen habe. Was ist, wenn ich nie wieder da rein darf, nie wieder die Weihnachtsdekorationen bewundern kann?"

Ruby schloss ihre Enkelin fest in die Arme und erwiderte aufmunternd: „Ich weiß, wie hart das für dich ist, mein Liebling. Aber glaube mir, es kommen auch wieder bessere Tage."

Kurz musste Cathlyn sarkastisch auflachen. Ruby hatte einen ähnlichen Satz erst vor Kurzem gesagt und es war tatsächlich noch schlimmer gekommen.

Die beiden Frauen saßen einige Minuten still beisammen, bis die Türe einen Spalt breit aufging und Frank ebenfalls hereintrat. „Na, meine Hübschen, ich wusste gar nicht, dass hier oben eine Party stattfindet."

Frank schenkte seiner Enkeltochter ein aufmunterndes Lächeln, dann zog er sich den Schreibtischstuhl heran und setzte sich. „In drei Tagen ist Weihnachten. Willst du dir das Fest wirklich von diesem Kerl vermiesen lassen? Wenn er dich angelogen hat, ist er es nicht wert, dass du noch einen einzigen Gedanken an ihn verschwendest."

„Ich weiß, Grandpa. Mit dem bin ich auch fertig. Soll er doch mit dieser Val glücklich werden", antwortete Cathlyn entschlossen und schnaubte dabei abfällig.

„Da ist sie wieder, meine kämpferische Cathlyn", erwiderte Frank mit einem zufriedenen Lächeln. „Außerdem hast du schon viel schwierigere Zeiten überstanden …"

„Ich weiß, aber die Kündigung setzt mir wirklich zu. Ach, wäre ich doch bloß nicht zu dem Ball gegangen!"

„Sag das nicht mein, Schatz. War das nicht immer ein Traum von dir?", fragte Ruby lächelnd. „Und diesen Abend kann dir niemand nehmen."

Ein leichtes Schmunzeln zeichnete sich auf Cathlyns Gesicht ab, weil ihre Grandma völlig recht hatte. Dieser märchenhafte Abend würde ihr für immer in Erinnerung bleiben, auch wenn er ein jähes Ende genommen hatte.

Endlich rappelte sich Cathlyn auf und setzte sich auf die Bettkante. „Danke. Danke, dass ihr immer für mich da seid. Ich wüsste nicht, was ich ohne euch machen würde."

„Ach, mein Kleine, dafür sind Großeltern doch da", antwortete Ruby und streichelte Cathlyn über die tränennasse Wange. „Und dafür, dich mit deinem Lieblingsessen wieder aufzupäppeln."

„Apropos Essen, lasst uns endlich runtergehen und du, junges Fräulein, kommst mit. Deine Schonfrist ist vorbei. Ab heute wird wieder unten gegessen!", rügte Frank seine Enkeltochter liebevoll.

„Und ob ich mitkomme, ich kann Grandma doch nicht mit dir alleine lassen", konterte Cathlyn blitzschnell.

„So gefällst du mir schon besser, meine Kleine", bemerkte Frank überglücklich und folgte den Frauen ins Erdgeschoss.

„Und damit du uns nicht gleich wieder abhaust, mache ich nach dem Abendbrot Bratäpfel mit Zimt", schlug Ruby mit glänzenden Augen vor. „Die magst du doch so gerne."

„Ihr zwei seid unmöglich, mich einfach mit leckerem Essen zu ködern." Cathlyn schenkte ihren Großeltern ein liebevolles Lächeln, dann erreichten sie schließlich die Küche, aus der es schon herrlich nach selbst gebackener Pizza duftete.

„Deine Grandma hat schließlich schon jahrelange Übung", schmunzelte Frank, „oder was glaubst du, warum es heute Pizza gibt, die man bis unters Dach riecht?"

„Psst, musst du denn all meine Tricks verraten?", tadelte Ruby ihren Mann.

Amüsiert sah Cathlyn zwischen den beiden hin und her, denn es war zu offensichtlich, dass ihre Großeltern sie bei Laune halten wollten. Ihr Herz floss vor Zuneigung über, während sie sich gemeinsam die Pizza direkt vom Blech schmecken ließen. Im Grunde hatte sie doch alles, was wirklich wichtig war – eine Familie, die immer hinter ihr stand, und kostbare Erinnerungen tief in ihrem Herzen.

21

„Mom, schau doch nur, Snoopy!" Fasziniert starrte Cathlyn die riesige Ballonfigur an, die jetzt hoch über ihren Köpfen schwebte und anmutig an ihnen vorüberzog. Dabei hatten die Mitarbeiter des Organisationsteams, die die Figur mit etlichen Seilen sicherten, ganz schön zu kämpfen, denn ein eisiger Nordwestwind vom Hudson brachte die gigantische Comicfigur mächtig ins Schwanken.

Ein Raunen ging durch die Menge, die dicht gedrängt hinter der Absperrung am Central Park stand, und vermischte sich mit dem Rhythmus der Fanfarenmusik.

„Oh, wie schön! Cathy, unsere Lieblingsfigur", bemerkte Stella Jones mit einem erfreuten Lächeln und sah schmunzelnd auf ihre Tochter herab, die aufgeregt neben ihr auf und ab hüpfte. Die Dreijährige steckte zur diesjährigen Thanksgiving-Parade in einem roten Tweedmantel und trug, dem kalten Novemberwetter zum Trotz, ihre gefütterten Winterstiefel von Macy's. In einer liebevollen Geste rückte Stella Cathlyns Pudelmütze zurecht, die im Eifer des Gefechts verrutscht war, und sah ihre Tochter mit einem sentimentalen Ausdruck in den Augen voller Liebe an, den Cathlyn grinsend erwiderte.

Wummernde Bässe, die laut von einem Umzugswagen dröhnten, lenkten die Aufmerksamkeit der beiden schließlich wieder zurück zur Parade.

„Sieh nur, Kleines, dort auf dem Wagen sind die Musicaldarsteller von Cats!"

Neugierig reckte Cathlyn den Kopf, doch die Katzen schafften es nicht wirklich, sie zu begeistern.

„Wo ist Santa?", rief Cathlyn ungeduldig in die Beschallung hinein und setzte einen vorsichtigen Schritt auf die Straße, um einen Blick auf die nachfolgenden Züge zu werfen.

Stella zog ihre Tochter schnell wieder zurück auf den Bordstein. „Ich fürchte, da müssen wir uns noch etwas gedulden, junge Dame. Santa kommt ganz zum Schluss."

Cathlyn zog eine enttäuschte Schnute, doch dann hellte sich ihr Gesicht schlagartig auf. Mit hoffnungsvoller Stimme fragte sie: „Können wir dann einen Punsch trinken, Mom?"

„Aber sicher, mein Schatz, und währenddessen laufen wir schon mal zum Kaufhaus. Von dort aus können wir später auch viel besser verfolgen, wie Santa von seinem Schlitten steigt und seinen Platz bei Macy's einnimmt."

„Yippieh! Du bist die Beste!", jubelte Cathlyn lauthals und fiel ihrer Mom stürmisch um den Hals, die sich gerade gebückt hatte, um zwei Thermobecher mit Punsch aus dem Rucksack zu holen.

„Achtung, du schmeißt mich noch um", entfuhr es Stella mit einem überraschten Lachen, ehe sie Cathlyn schmunzelnd ihren buntbedruckten Prinzessinnenbecher und einen selbst gebackenen Keks reichte. Herzhaft biss Cathlyn in das Gebäck und jauchzte auf, als sie den süßen Zuckerguss schmeckte.

Wenige Augenblicke später passierten sie frisch gestärkt den Columbus Circle, um von dort aus in den Broadway abzubiegen. Sie folgten dem Straßenverlauf weiter über den Times Square und erreichten dreißig Minuten später das Kaufhaus am Herald Square.

„Wow", entfuhr es Cathlyn begeistert, als sie ehrfürchtig die festlich geschmückte Fassade des Warenhauses betrachtete. „Die Lichter glitzern aber toll."

Dann fiel ihr Blick auf die Bühne, die vor dem Eingang aufgebaut worden war. „Und so schöne Tänzerinnen."

„Das sind die Rocketts", bemerkte Stella mit einem breiten Lächeln und verfolgte für einen Moment gebannt die Darbietung des weltbekannten Ensembles der Radio City Music Hall. „Wenn dein Dad wieder in der Stadt ist, müssen wir uns unbedingt ihre Weihnachtsshow anschauen."

Mit glänzenden Augen verfolgten Mutter und Tochter weiter die „Parade der Holzsoldaten", dann übernahm der Moderator einer beliebten Late-Night-Show feierlich das Mikrofon.

„Der Countdown läuft, liebes Publikum ... In wenigen Minuten ist es so weit! Könnt ihr ihn schon sehen?"

Wie auf Kommando drehten sich die Besucher weg von der Bühne und richteten ihre Aufmerksamkeit nun auf einen gigantischen Festtagswagen, der langsam die Straße herunterkam.

Auch Cathlyn drehte sich aufgeregt zur Seite, um einen ersten Blick auf den heutigen Ehrengast zu werfen, doch leider vergeblich. Ohne nachzudenken, trat sie nach vorne, stoppte an der Bordsteinkante und schnappte dann erschrocken nach Luft, als sie Santa höchstpersönlich hoch oben auf dem sich nähernden Wagen erkannte. Ungläubig verfolgte sie, wie der imposante Schlitten mit dem Rentiergespann heranrollte, Santa majestätisch winkte und schließlich wenige Meter vor ihr zum Stehen kam.

„Sieh nur, Mom, Santa hat auch Mrs Claus mitgebracht!"

Stella, die mittlerweile zu Cathlyn aufgeschlossen hatte, schenkte ihr einen kurzen tadelnden Blick, der in ein amüsiertes Lächeln überging, und wich ihrer Tochter anschließend nicht mehr von der Seite. Mit großen Augen sah sie Santa weiter an, der kurz darauf unter tosendem Applaus von seinem Schlitten kletterte, sich langsam umdrehte und Cathlyn plötzlich zuzwinkerte, als teilten sie ein großes Geheimnis miteinander.

Mit offenem Mund starrte sie ihn einfach nur an, ehe er sich auf den Weg zum Eingang machte und Mutter und Tochter, die sich so unheimlich ähnlich sahen, verwirrt zurückließ.

22

„Ich habe euch doch gleich gesagt, dass sie mir bekannt vorkam. Auf mein Gedächtnis ist schließlich Verlass", bemerkte Robert Hartford, als er den Fernseher nach Valeries Enthüllungsbericht in den Acht-Uhr-Nachrichten ausschaltete.

„Ihr Vater Patrick hat sich nach dem Tod seiner Frau sehr zurückgezogen", erinnerte sich jetzt auch Helen, „und als er wieder geheiratet hat, wurden wir nicht mehr eingeladen."

„Gott sei Dank. Seine neue Frau steht nicht gerade in dem Ruf, eine charmante Gastgeberin zu sein." Robert drehte sich zu seinem Sohn um, der gedankenverloren aus dem Fenster starrte und diese Neuigkeiten immer noch verarbeitete. Schließlich fragte er: „Und dir hat sie gesagt, dass sie Modedesign studiere?"

Endlich drehte sich Steven um. „Ich verstehe nicht, warum sie mich angelogen hat. Wir haben so oft über das Kaufhaus gesprochen, da hätte sie mir doch sagen können, dass sie dort auch arbeitet."

„Jetzt nicht mehr", antwortete Kailey mit betrübter Miene.

Sofort kochte die Wut in ihm wieder hoch, als er an Val und ihren Auftritt dachte. Die ganze Stadt wusste nun, wer die geheimnisvolle Märchenprinzessin in Wirklichkeit war: eine einfache Verkäuferin mit einem gestohlenen Diamantcollier.

Die Tatsache, dass Cathlyn aber nicht nur Verkäuferin, sondern auch die sehr scheue Tochter von keinem Geringeren als Patrick Jones war, hatte man geflissentlich ausgelassen.

Steven konnte Cathlyn nicht wirklich böse sein. Letztendlich war es ihm egal, welchen Job sie ausübte oder ob ihr Dad einer der einflussreichsten Investoren an der Ostküste war. Es tat ihm einfach schrecklich leid, dass man diese Geschichte in den Medien ausschlachtete. Es musste schon schwer genug sein, dass sie ihren Job verloren hatte.

„Sie liebt dieses Kaufhaus und jetzt, im Nachhinein, wird mir auch klar, warum sie sich so gut auskannte", antwortete Steven und fuhr mit einem wehmütigen Lächeln fort: „Sie war schon als Kind mit ihrer Mutter dort, um sich die Thanksgiving-Parade anzusehen … Immer in der ersten Reihe, direkt am Herald Square, um auch ja nichts zu verpassen."

Helen verzog mitfühlend das Gesicht und erwiderte leise: „Das tut mir sehr leid und zur Weihnachtszeit lastet diese Kündigung sicher noch schwerer auf ihr."

„Nur komme ich nicht mehr an sie ran. Sie hat ihr Handy ausgeschaltet", sagte Steven betrübt, während er sich hilflos durchs Haar fuhr.

„Aber da lässt sich doch bestimmt etwas machen", antwortete sein Vater plötzlich mit einem breiten Lächeln. „Ich war schon seit einer Ewigkeit nicht mehr zum Weihnachtsshopping in der Stadt und welches Kaufhaus wäre dafür besser geeignet als das Macy's?"

„Die Idee ist toll, Dad … Aber ich bezweifle, dass sie dir dort so einfach Cathlyns Adresse geben", gab Kailey zu bedenken.

„Mach dir mal darüber keine Sorgen, mein Schatz. Nach dieser indiskreten Aktion schuldet man uns mehr als nur eine Adresse – schließlich wurde auch unser guter Name durch den Dreck gezogen.“

Steven sah seinen Dad überrascht an. Warum war er nicht schon eher auf diese Idee gekommen?

„Du hast recht, Dad. Diese Kündigung und vor allem ihr sogenannter ‚Diebstahl‘ hätte nicht an die Öffentlichkeit gehen dürfen. Auch wenn Val ihren Teil dazu beigetragen hat, das geht gar nicht.“

Robert nickte entschlossen. „Auf was warten wir dann noch? Lasst uns aufbrechen!“

Keine halbe Stunde später saßen die Hartfords in der U-Bahn, um sich von Brooklyn aus auf den Weg nach Manhattan zu machen. So waren sie bei dem Winterwetter da draußen nicht nur um einiges schneller, sondern sparten sich auch die anstrengende Parkplatzsuche zur Weihnachtszeit.

Als Steven mit seiner Familie schließlich die Subway-Station am Herald Square verließ und sie zielstrebig das Büro des CEO anpeilten, fühlte er sich beinahe wie bei einem SWAT-Einsatz. Mit seinen Eltern im Rücken war er voller Zuversicht, dass man Cathlyn wieder zurücknehmen und er außerdem ihre Adresse bekommen würde.

Nach wenigen Minuten erreichten sie endlich den Raum und stießen auf einen ziemlich überraschten Geschäftsführer.

„Mr Hartford, was beschert mir diese Ehre?“ Ein älterer Herr im Sakko erhob sich erstaunt von seinem Stuhl, dann winkte er die Familie freudig herein.

„Mr Sanders, entschuldigen Sie, dass wir hier so hereinplatzen, aber es geht um ein wichtiges Anliegen“, begrüßte Robert ihn mit einem gewinnenden Lächeln.

„Setzen Sie sich bitte. Ein wichtiges Anliegen also." Der CEO wurde sichtlich nervöser, während er selbst wieder Platz nahm und Robert abwartend ansah.

„Es geht um Cathlyn Jones", erwiderte Robert mit fester Stimme. „Ich bin der Meinung, dass man ihr unrecht getan hat."

Lapidar zuckte Mr Sanders mit den Schultern. „Nun ja, Ms Jones hat sich einer Kundin gegenüber unflätig verhalten und den *Magnificent* gestohlen", erwiderte er sachlich.

„Diese Kundin kennen wir sehr gut. Ich lege meine Hand ins Feuer, dass sie es gänzlich darauf angelegt hat, Ms Jones in Schwierigkeiten zu bringen."

Man sah dem CEO förmlich an, wie es in seinem Kopf ratterte, bevor er ungläubig erwiderte: „Das war die Dame aus den Nachrichten, stimmt's?"

„Richtig und meine Ex-Verlobte", mischte sich nun auch Steven ein. „Ich weiß, wozu sie fähig ist, und glauben Sie mir, sie kann sehr überzeugend sein."

Mr Sanders wirkte hin und her gerissen, ob er ihnen glauben sollte. Er sah erst Steven und dann seinem Vater fest in die Augen. Schließlich schien das Politikerimage seines Vaters jedoch zu greifen und er gab nach. „Na, wenn das so ist und Sie glauben, dass man Ms Jones mit Absicht provoziert hat ... Trotzdem ist da noch die Sache mit dem *Magnificent*."

„Dieser *Magnificent* ist noch nicht einmal hübsch", polterte Kailey los. „Sie können Cathlyn danken, dass sie ihn erst so populär gemacht hat. Mittlerweile liegt sein Preis bei 30 Millionen US-Dollar!"

Helen legte ihrer Tochter beschwichtigend eine Hand auf den Arm, ehe sie hinzufügte: „Auf jeden Fall hätte er keine bessere Publicity bekommen können, als auf dem Winterball von Dana Carter vorgeführt zu werden.“

Mr Sanders wand sich unwohl auf seinem Stuhl. Schließlich antwortete er: „Ehrlich gesagt bin ich selbst überrascht, wie viel Aufmerksamkeit das Collier durch den Winterball und den Auftritt der geheimnisvollen Prinzessin erfahren hat ...“

Er stand von seinem Stuhl auf und lief ein paar Schritte auf und ab, während er nachzudenken schien. Schließlich blieb er stehen und sah einen nach dem anderen an. „Nun gut. In Anbetracht der Tatsache, dass wir mit Ms Jones bisher immer sehr zufrieden waren und sie nicht die alleinige Schuld trägt, sondern einen Komplizen hatte, werde ich die Kündigung ausnahmsweise zurücknehmen und eine Abmahnung aussprechen. Mehr kann ich aber wirklich nicht für sie tun.“

„Na, auf was warten Sie dann noch?“, unterstützte ihn Robert mit einem Lächeln. „Rufen Sie Ms Jones an und holen Sie sie zurück!“

Mr Sanders nickte und schnappte sich kurz darauf den Hörer. „Ich rufe sofort die Personalabteilung an, damit man mir ihre Nummer gibt.“

Steven wandte sich mit einem verlegenen Grinsen an den CEO. „Und bitte fragen Sie doch gleich nach Cathlyns Adresse. Sie hat auf dem Ball etwas verloren, das sie bestimmt gerne zurückhaben möchte.“

Als die Hartfords wenige Minuten später das Büro verließen und sich zum Food-Court aufmachten, hätte die Stimmung nicht ausgelassener sein können.

„Hach, Robert, ich bin ja so glücklich, dass wir das klären konnten … Aber bevor wir etwas essen gehen, möchte ich noch einen Abstecher in die Damenabteilung machen“, bemerkte Helen mit einem Augenzwinkern.

„Brauchst du was zum Anziehen?“, fragte Robert leicht stumpfsinnig.

„Nein, mein Schatz. Heute möchte ich mir nur diesen widerlichen Schleimscheißer vorknöpfen, den Val in den Nachrichten erwähnt hat.“

Steven folgte dem Blick seiner Mutter, bis auch er den kleinen glatzköpfigen Mann im Flamingohemd entdeckte, der jetzt mit einem übereifrigen Lächeln auf sie zueilte.

23

„Ich kann immer noch nicht glauben, dass sie mich wieder zurückhaben wollen!" Cathlyn strahlte übers ganze Gesicht, als sie ihrer Grandma an diesem Samstagabend dabei half, den Esstisch für das Weihnachtsessen zu decken.

„Habe ich dir nicht gesagt, es wird alles wieder gut?", bemerkte Ruby, der ein paar Freudentränen in den Augen standen. „Die wissen schließlich, was sie an dir haben. Die Kündigung war einfach nur voreilig. Außerdem hast du doch jede Menge Stammkundinnen, die dem Laden viel Geld einbringen."

Cathlyn nickte zustimmend, wurde aber schnell nachdenklich. „Warum nur werde ich das Gefühl nicht los, dass Dana Carter dahinttersteckt?", rätselte sie, während sie an das Telefongespräch mit dem CEO des Kaufhauses dachte.

„Gut möglich, sie mag dich doch. Außerdem hat sie den Skandal bestimmt in den Nachrichten gesehen und mitbekommen, wie sich alle auf dich gestürzt haben."

Frank, der jetzt mit einer großen Suppenterrine und einem breiten Lächeln im Gesicht das Wohnzimmer betrat, führte den Satz zu Ende: „Und so viel Publicity, wie du dem *Blauen Magnificent* eingebracht hast, soll dir das erst mal einer nachmachen. Mittlerweile liegt sein Wert bei knapp 30 Millionen US-Dollar!"

„Was? Wer zahlt denn so viel für Schmuck?", fragte Ruby fassungslos.

„Es heißt, dass diese ‚*Cinderella-Story*‘ dem Schmuckstück so viel Aufmerksamkeit gebracht hat, dass ein stinkreicher Franzose das Ding unbedingt für seine Sammlung haben will“, klärte Frank seine Frau auf und setzte sich daraufhin auf seinen Platz.

„Du solltest Provision verlangen“, wandte sich Ruby mit einem Augenzwinkern an ihre Enkeltochter, dann setzten sich die beiden Frauen ebenfalls.

„Ich bin einfach nur froh, dass ich nach Weihnachten wieder arbeiten gehen darf“, antwortete Cathlyn überglücklich.

„Du warst schon immer so bescheiden, meine Kleine“, bemerkte Frank mit liebevollem Blick und reichte seiner Frau den Teller, damit sie ihm von der Suppe auftrug. „Oh, beinahe hätte ich es vergessen. Dein Dad hat vorhin angerufen, als du spazieren warst. Ich war so frei, ihm von den tollen Neuigkeiten zu erzählen.“

„Ich werde ihn nachher direkt zurückrufen“, versprach Cathlyn und nahm sich ebenfalls eine Kelle voll Suppe. „Er ist bestimmt auch glücklich, dass sich die Sache so schnell geklärt hat.“

„Darauf kannst du Gift nehmen. Es hat ihn doch sehr mitgenommen, dass sich die Medien so auf dich gestürzt haben und dir obendrein noch gekündigt wurde.“

„Für Cruella bestimmt ein gefundenes Fressen … Ich kann ihr gehässiges Gesicht förmlich vor mir sehen“, bemerkte Ruby angewidert und drehte sich im selben Moment ruckartig zur Haustür um, als es kräftig daran klopfte.

„Huch, wer ist denn das? Der Weihnachtsmann?“, fragte Frank verwundert und erhob sich, um einen vorsichtigen Blick aus dem Fenster zu werfen.

Ruby und Cathlyn, die ebenfalls aufgestanden waren, folgten Frank ebenso verwundert. Doch dann erkannte Cathlyn die beiden unangemeldeten Gäste hinter der beschlagenen Scheibe.

Voller Freude riss sie die Türe auf und fiel ihrem Dad stürmisch um den Hals.

„Dad, Regina! Was macht ihr denn hier?“ Ungläubig sah sie zwischen ihren Großeltern, ihrem Dad und der alten Köchin hin und her. „Habt ihr etwa davon gewusst?“

„Nein, Kleines, wir sind ebenso überrascht wie du“, erwiderte Ruby und drückte Regina an sich, die übers ganze Gesicht strahlte.

„Kommt rein, ihr werdet noch ganz nass!“, bat Frank die Überraschungsgäste hinein.

Patrick und Regina befreiten sich von ihren Mänteln, die Frank an der Garderobe zum Trocknen aufhing, danach nahmen sie alle am Esstisch Platz.

„Wo ist Genevieve? Feiert ihr nicht zusammen? Warum hast du mir nicht gesagt, dass du kommst?“ Cathlyns Stimme überschlug sich beinahe, während sie ihren Vater mit Fragen bombardierte.

Ein amüsiertes Schmunzeln breitete sich auf Patricks Gesicht aus, das sich schnell mit Schwermut mischte, bis er schließlich antwortete: „Genevieve ist vorgestern mit ihren Töchtern ausgezogen. Wir werden uns scheiden lassen.“

„Wirklich?" Cathlyn starrte ihren Dad geschockt und mit offenem Mund an. Fragend wanderte ihr Blick zu Regina. „Ist das wahr?"

Die alte Köchin grinste wie ein Honigkuchenpferd. „Dein Auftritt im Plaza hat letztendlich den Ausschlag dazu gegeben und deinem Dad die Augen geöffnet."

„Diese Freude, die sie über deinen ‚tiefen Fall' nach der Ballnacht empfunden hatte, war extrem verstörend und hat mich zutiefst schockiert ... Wie könnte ich mit einer Person zusammenleben, die sich so über dein Unglück freut?" Tränen stiegen Patrick in die Augen und er sah seine Tochter traurig an. „Es tut mir alles so leid. Du hattest es damals schon schwer genug und ich habe uns auch noch diese Hexe ins Haus geholt."

„Ach, Daddy", flüsterte Cathlyn mit einem dicken Kloß im Hals und fasste nach Patricks Hand. „Solange du mit Genevieve glücklich warst, war mir das egal."

Ruby und Regina, die mittlerweile auch in Tränen ausgebrochen waren, schnäuzten gleichzeitig in die Servietten, was die zwei Frauen leise lachen ließ. Einen Augenblick später erhob sich Ruby. „Ihr kommt genau richtig, wir haben eben die Suppe aufgetischt. Ich hole fix zwei Teller, dann lasst uns endlich Weihnachten feiern!"

Ruby verschwand eilig in der angrenzenden Küche und erschien kurz darauf mit zwei weiteren Suppentellern und Besteck. Voller Freude füllte sie die Teller auf und setzte sich neben Regina, die jetzt einen kleinen Gegenstand aus ihrer Handtasche zog.

„Ich dachte mir, du würdest diese Schneekugel gerne hier bei dir haben wollen. So kannst du sie jeden Tag bewundern."

Cathlyn nahm die kleine Schneekugel mit gemischten Gefühlen entgegen. Sofort erinnerte sie sich an ihr erstes Date mit Steven. Dennoch schüttelte sie das Erinnerungsstück ihrer Mom gedankenverloren und betrachtete das kleine verschneite Sträßchen hinter dem dicken Glas. „Danke, Regina, sie wird einen Ehrenplatz auf meinem Bücherregal bekommen."

„Sehr gerne. Sie ist doch viel zu schade, um ihr Dasein in einer Nachttischschublade zu fristen."

Mit einem Lächeln stellte Cathlyn das zerbrechliche Stück auf dem Tisch ab und griff wieder nach ihrem Löffel. Nach wenigen Minuten allerdings wurde die kleine Gesellschaft erneut beim Essen unterbrochen. Dieses Mal war es die Klingel, die einen Besucher ankündigte.

„Nanu, was ist denn heute los?" Fragend drehte Frank den Kopf zur Seite und stand langsam auf. „Erwarten wir noch jemanden?"

Neugierig spähte er aus dem Fenster, dann wandte er sich mit großen Augen wieder um. „Auf der Straße steht 'ne riesige Limousine und ich wette, der Kerl im Smoking ist Cathlyns Prinz Charming."

Cathlyns Herzschlag setzte für einen Moment aus, als sie sich der Bedeutung dieser Worte bewusst wurde. Ganz offensichtlich war es Steven, der hergekommen war, um sich auszusprechen, nachdem sie seine verzweifelten Textnachrichten weiter ignoriert hatte.

Erschrocken hielt sie sich die Hand vor den Mund, während sich ihre Gedanken wild überschlugen. War er vielleicht deshalb so hartnäckig, weil er womöglich doch die ganze Zeit über die Wahrheit gesagt hatte?

Unsicher sah sie zu ihrem Grandpa, ehe sie ihm zuzischte: „Was will der denn hier? Ich bin nicht da."

„Ja, Frank, lass die Türe zu. Dieser Kerl kommt mir nicht ins Haus", rief Ruby lauthals, woraufhin ein verzweifeltes „Bitte lassen Sie mich rein" von draußen als Antwort kam.

„Wenigstens hat er deinen Schuh mitgebracht", bemerkte Frank nach einem weiteren Blick aus dem Fenster, jetzt mit einem amüsierten Grinsen.

Cathlyn schlug panisch die Hände vors Gesicht, als ihr Grandpa plötzlich die Türe aufriss und Steven förmlich hereinzog.

„Na, merry christmas. Wer hat sich denn heute, am Weihnachtsabend, zu uns nach Queens verirrt?", begrüßte Frank den ungebetenen Gast mit einem abschätzigen Blick. „Ich hoffe, unsere bescheidene Hütte wird Ihren Ansprüchen gerecht, Mister Senatorssohn." Frank umrundete den dunkelhaarigen Mann kritisch, während er ihn grimmig ansah.

„Zuerst einmal möchte ich mich entschuldigen, dass ich hier einfach so hereinplatze – und auch noch beim Essen", erwiderte Steven freundlich, bevor er sich an Cathlyn wandte. „Aber ich habe keine andere Möglichkeit gesehen, um mich bei dir zu entschuldigen."

Der verzweifelte Ausdruck auf Stevens Gesicht untermauerte seine Worte, dann kam er vorsichtig näher.

Cathlyns Herz rutschte ihr in die Hose, während sich gleichzeitig ein dicker Kloß in ihrem Hals bildete.

„Cathlyn, es tut mir so unendlich leid, was passiert ist. Nichts lag mir ferner, als dich in den Wahlkampfzirkus meines Dads hineinzuziehen. Val und ich gehen schon seit Wochen getrennte Wege und ich habe diese Scheinbeziehung letztendlich nur noch meinem Dad zuliebe aufrechterhalten."

Unbehaglich sah sich Steven um und er kam erneut einen Schritt näher, um vor Cathlyn stehen zu bleiben. „Meine Gefühle für dich sind echt, bitte glaube mir. Du hast mich schon von der ersten Sekunde an verzaubert, als du in diesem grässlichen Schneeanzug gesteckt hast."

Er hielt inne und Cathlyn konnte sehen, wie sich in den liebevollen Ausdruck in seinen Augen ein verletztes Funkeln mischte. „Ehrlich gesagt verstehe ich nicht, warum du um deinen Job im Kaufhaus so ein Geheimnis gemacht hast. Hältst du mich wirklich für so oberflächlich, dass ich mich nicht mit einer Verkäuferin treffen würde?"

Ruby und Regina sahen gebannt zwischen Cathlyn und Steven hin und her, als würde es sich um das dramatische Staffelfinale einer mexikanischen Seifenoper handeln.

Seine Worte hatten Cathlyn einen Stich versetzt und lösten kurz ein schlechtes Gewissen in ihr aus. Schnell jedoch kehrte ihre Wut zurück. Trotzig antwortete sie: „Ja, genau das habe ich gedacht. Außerdem wird doch von dir erwartet, dass du dir jemanden ‚für den Schein‘ nimmst, oder nicht?"

Steven atmete tief durch und er griff mutig nach Cathlyns Händen. „Glaub mir, ich habe meinem Dad mittlerweile so sehr den Kopf gewaschen, dass er sogar die Senatskandidatur hinschmeißen will."

„Warum denn das?" Cathlyn zog überrascht eine Augenbraue nach oben und sah Steven skeptisch an.

„Weil Familie und Gesundheit wichtiger sind als ein einsamer Posten in Washington", erwiderte Steven mit einem liebevollen Lächeln.

Vor den Augen der gesamten Familie kniete er sich plötzlich mit einem schiefen Lächeln vor Cathlyn nieder und sah verliebt zu ihr auf. „Würdest du mir jetzt bitte die Ehre erweisen, aus deinen plüschigen Elchhausschuhen zu schlüpfen, um diesen strassbesetzten Pump anzuprobieren?"

Ruby und Regina schnappten laut nach Luft und wechselten einen vielsagenden Blick mit Frank und Patrick.

Cathlyns Herz schmolz, als sie in seine blauen Augen sah, die sie jetzt erwartungsvoll und voller Liebe anblickten. Wie hatte sie nur je an seinem Charakter zweifeln können?

„Gott sei Dank, er passt noch", erwiderte Steven gespielt erleichtert, als Cathlyn mit einem amüsierten Lächeln in den Schuh schlüpfte. Anschließend erhob er sich wieder und sah ihr tief in die Augen. „Verzeihst du mir noch einmal, Cinderella?"

„Komm schon her und küss mich endlich!", platzte es übermütig aus Cathlyn heraus, bevor sie Steven stürmisch um den Hals fiel.

Der leidenschaftliche Kuss ging in dem Gejohle der älteren Frauen unter, dann raffte sich Ruby mit einem Schmunzeln auf und holte noch einen sechsten Suppenteller dazu.

24

Ein Jahr später

„Honey, bist du so weit? Wir sollten uns langsam auf den Weg zum Winterball machen", bemerkte Steven gut gelaunt, als er fertig gestylt und im Smoking aus dem Badezimmer trat.

„Ich bin hier, Liebling", erklang Cathlyns Stimme gedämpft aus dem Nebenzimmer. Mit einem breiten Lächeln machte sich Steven auf den Weg ins Wohnzimmer, wo er seine Freundin vermutete.

„Hab ich's mir doch gedacht, dass du wieder auf dem Hocker stehst und einen Blick aus dem Dachfenster wirfst."

„Na ja, von wo sonst hat man den besten Ausblick auf den Park und das Plaza?", schwärmte Cathlyn amüsiert grinsend, während sie sich zu Steven drehte. „Ich kann mich an dieser Aussicht einfach nicht sattsehen."

„Das hoffe ich doch, nicht, dass du mich sonst verlässt und zurück nach Queens ziehst." Steven verzog traurig das Gesicht.

„Wie könnte ich?", erwiderte Cathlyn mit einem Lachen und drückte Steven einen Kuss auf den Mund.

Doch so schnell gab Steven sie nicht frei, sondern fasste sie an der Taille und hob sie mühelos von dem kleinen Hocker herunter. „Du siehst in diesem Kleid unglaublich aus", flüsterte er atemlos. Sein Blick glitt über ihren Körper, dann zog er sie stürmisch an sich und küsste sie leidenschaftlich.

Cathlyn beugte sich ihm sinnlich entgegen und erwiderte seinen Kuss, ehe sie mit einem Augenzwinkern antwortete: „Aber heute fehlt mir der *Blaue Magnificent.*"

Stevens Herz schlug ihm plötzlich bis zum Hals, nicht nur, weil sie ihn immer noch so verrückt machte, sondern, weil sie ihm gerade unbewusst das perfekte Stichwort geliefert hatte.

Er konnte nicht länger warten ... Mit jeder weiteren Minute würde er sich nur selbst auf die Folter spannen. Seine Hand glitt wie von selbst in die Innentasche seines Smokings, aus der er ein kleines mint-türkisfarbenes Schächtelchen herauszog.

„Wer braucht schon ein Diamantcollier?", fragte er verschmitzt und ging auf die Knie.

Überrascht schlug Cathlyn die Hand vor den Mund, als ihr plötzlich klar zu werden schien, was Steven da vorhatte. „Ist das etwa ein Verlobungsring?", fragte sie atemlos.

Breit grinsend sah Steven sie voller Liebe an, schließlich öffnete er die Schatulle. „Heirate mich, Cinderella, und mach mich zum glücklichsten Mann auf der Welt!"

***

Als Cathlyn und Steven eine halbe Stunde später die festlich geschmückte Eingangshalle des Plaza betraten, schwebte Cathlyn immer noch auf Wolken. Nie hätte sie damit gerechnet, dass Steven ihr ausgerechnet heute einen Heiratsantrag machen würde, schon gar nicht vor dem kleinen Erkerfenster, das sie mittlerweile so sehr mochte. Es war einfach nur perfekt gewesen, intim und sehr romantisch vor der schneebedeckten Kulisse des erleuchteten Central Parks.

Hand in Hand passierten sie nun den langen Korridor, der zum großen Saal führte, in dem auch in diesem Jahr der Winterball von Dana Carter stattfinden würde. An den Füßen hatte sie genau wie im letzten Jahr die strassbesetzten Pumps ihrer Mutter, die sie heute auf keinen Fall verlieren wollte. Dazu trug sie ein selbst geschneidertes Kleid aus ihrer eigenen Kollektion. Mittlerweile besuchte sie seit einigen Monaten die Modeschule und half nur noch gelegentlich – so, wie jetzt zur Weihnachtszeit – bei Macy's aus.

„Was wird dein Dad wohl dazu sagen?", fragte Steven mit einem schiefen Lächeln, als sein Blick auf den schlichten Ring mit Brillantschliff fiel.

„Ich denke, er wird begeistert sein", antwortete Cathlyn voller Überzeugung und sah Steven strahlend lächelnd an.

„Ich meine nur, weil ich ihn vorher nicht um Erlaubnis gefragt habe", bemerkte Steven besorgt, als sie schließlich die Flügeltür zum Saal erreichten.

„Er legt zwar viel Wert auf Traditionen, aber was mich und meine Pläne angeht, war er schon immer ziemlich modern eingestellt", erwiderte Cathlyn ehrlich.

„Ja, das stimmt allerdings", bemerkte Steven, der nun sichtlich erleichtert wirkte.

Cathlyn drückte Stevens Hand, dann wurde ihnen die Tür geöffnet. Wie auch im letzten Jahr überwältigte Cathlyn der atemberaubende Ausblick von hier oben.

Das Motto in diesem Jahr lautete „Santas Winterwonderland" und Cathlyn hatte ihre wahre Freude daran gehabt, Dana tatkräftig bei ihren Vorbereitungen zu unterstützen.

Im Gegensatz zum letzten Jahr dominierten heute nicht edle Weiß- und Silbertöne, sondern viel klassisches Rot und rustikale Akzente. Die prächtigen Säulen des Saals waren mit roten und weißen Bändern umwickelt worden und wirkten nun wie überdimensionale Zuckerstangen. Dana hatte es sogar geschafft, einen riesigen Rentierschlitten samt Gespann zu organisieren, auf dem sich die Tombolageschenke für die Charity bis an die Decke türmten.

Auch die Musik war in diesem Jahr sehr unkonventionell. Cathlyn freute sich schon jetzt auf die schockierten Gesichter, wenn die Bigband später den sehr fetzigen Eröffnungssong „Jingle Bell Rock" anstimmen würde.

Mit einem amüsierten Lächeln schritten Steven und Cathlyn die Treppe hinab und nahmen anschließend neben Ruby und Frank Platz, die ebenfalls eingeladen worden waren.

Es dauerte keine Minute, bis Ruby den funkelnden Diamantring an Cathlyns Finger entdeckte. „Bitte sag mir, dass mir meine müden Augen keinen Streich spielen. Habt ihr euch etwa verlobt?"

Cathlyn schenkte ihrer Großmutter ein strahlendes Lächeln, bevor sie schnell den Finger auf den Mund legte. Sie wollte heute unter keinen Umständen die Aufmerksamkeit auf sich ziehen, so wie im letzten Jahr.

Der Winterball war Dana Carters Baby und so sollte es auch bleiben.

Kurze Zeit später betrat die Gastgeberin mit einem strahlenden Lächeln die Bühne.

„Herzlich willkommen auf dem diesjährigen Winterball im Plaza. Ich freue mich riesig, dass wir auch in diesem Jahr wieder für einen guten Zweck zusammenkommen, um das Vermächtnis meines verstorbenen Mannes fortzuführen." Dana lächelte unter Tränen und als der Applaus verebbte, sah sie zum Bühnenrand, wo Cathlyn auf ihren Einsatz wartete. „Aber ich bin auch heute wieder nicht allein, sondern habe mir Unterstützung mit meiner lieben Stieftochter Cathlyn Jones geholt. Sie verdient den Applaus für unsere heutige Dekoration."

Ein verhaltenes Raunen ging durch den Saal, während Cathlyn die Bühne betrat und Danas Hand ergriff.

„Ja, ihr habt richtig gehört, meine Lieben. Ich habe nicht nur heimlich geheiratet, sondern auch eine Tochter dazugewonnen – die euch sicherlich noch vom letzten Jahr bekannt vorkommt", scherzte Dana mit einem Augenzwinkern.

Plötzlich wanderte Danas Gesicht überrascht nach unten, weil sie zweifellos den Ring an Cathlyns Hand gespürt haben musste. Mit einem sehr zufriedenen Lächeln sah sie ihre Stieftochter an, dann setzte sie ihre Rede fort.

„Ein weiteres Highlight wird die diesjährige Tombola sein, denn dieser Schlitten hier dient nicht nur der Dekoration, sondern ist prall gefüllt mit tollen Preisen und Sachspenden. Hier geht mein herzliches Dankeschön an den neuen Bürgermeister von New York, Robert Hartford, und natürlich an den CEO vom Macy's."

Cathlyn schenkte ihrem künftigen Schwiegervater von der Bühne aus ein dankbares Lächeln, das er mit einem gutmütigen Augenzwinkern quittierte. Anschließend übernahm sie das Mikrofon.

„Und damit der Schlitten auch wirklich stilecht aussieht, haben wir einen ganz besonderen Gast eingeladen."

Cathlyn machte eine dramatische Pause und ihr Blick wanderte zu der Treppe, auf der ihr Kollege schon bereitstand. Wie auf Kommando stimmte die Band den Song „Jingle Bell Rock" an, ehe sie fortfuhr: „Herzlich willkommen, Santa!"

Der Saal kochte, als der ältere Mann winkend die Stufen hinunterkam und anschließend voller Anmut auf den Kutschbock stieg.

Dana und Cathlyn sahen sich ob ihrer gelungenen Überraschung zufrieden an und verließen kurz darauf gut gelaunt die Bühne, um sich ebenfalls auf die Tanzfläche zu stürzen, wo Patrick und Steven sie bereits mit einem breiten Lächeln erwarteten.